MATTHIAS JÜGLER

MAIFLIEGENZEIT

ROMAN

PENGUIN VERLAG

I

1

Wo die Ungewissheit endet, sagte mein Vater vor langer Zeit einmal, beginnt das Träumen. Wir saßen am Ufer der Unstrut, während er diesen Satz vor sich hin murmelte, im Schatten einer Silberweide, mit Blick auf die Weinberge, die, darin waren wir uns einig, jene Landschaft, in der wir lebten, zu etwas Besonderem machten. Er hatte diesen Satz leise und in sich gekehrt gesagt, als spräche er zu sich selbst. Das Wasser, auf das wir blickten, war so trüb und undurchsichtig wie das Verhalten der Fische, die er fangen wollte: golden schimmernde Rotfedern, dickbäuchige Karpfen oder dürre Hechte, auf die Vater manchmal mit selbst gebauten Löffelblinkern angelte.

An diesem Tag hatte er es auf Karpfen abgesehen. Ich interessierte mich damals noch nicht sonderlich für das Fischen und begleitete meinen Vater nur selten, obwohl er mich beharrlich dazu einlud, wenn er sein Angelzeug packte. Vater wusste nie, ob sie in Fresslaune waren, die

Karpfen, ob sie sich täuschen lassen würden von seinem zuckersüßen Teig, den zumindest er für unwiderstehlich hielt, und ob wir überhaupt an der richtigen Stelle waren. Denn nur weil er in dieser Außenkurve, in der seichten Kehrströmung, vor einiger Zeit etwas gefangen hatte, ließ sich dieser Erfolg nicht zwangsläufig wiederholen.

Wo die Ungewissheit endet, beginnt das Träumen. Damals verstand ich nicht, was er mir mit diesem Satz sagen wollte. Und vielleicht verstand auch er es nicht. Aber es klang gut und richtig in diesem Moment und hatte zweifelsohne etwas mit diesem schwer zu fassenden Gefühl zu tun, das er empfand, wenn er am Wasser saß und darauf wartete, dass ein Fisch seinen Köder nahm – davon hatte er oft erzählt. Also gab ich mich zufrieden damit.

Irgendwann biss dann tatsächlich ein Karpfen. Kaum dass er im Kescher lag, stürzte ich mich mit kindlichem Überschwang auf ihn. Der Karpfen war gewaltig, wohl zwischen siebzig und achtzig Zentimeter groß und vielleicht fünfzehn Kilogramm schwer. Mein Vater schätzte ihn später, als wir meiner Mutter davon erzählten, auf zwölf Jahre, wir waren also gleich alt, der Karpfen und ich. Wie er im Kescher vor mir lag, das Maul öffnend und wieder schließend, mit starrem Blick, bemerkte ich eine Reihe von großen Schuppen, die waagerecht vom Kopf bis zur Schwanzflosse verlief. Ich habe in meinem

Leben viele Karpfen gefangen, aber dies war das einzige Mal, dass ich einen Zeilenkarpfen zu Gesicht bekam. Seine makellose Haut erinnerte mich an Vaters Lederschuhe, sie schimmerte bronzefarben in der Sonne. Ich wusste, jedenfalls in der Theorie, dass diese Fische eine enorme Kraft besaßen. Wie kräftig sie wirklich waren, begriff ich erst, als ich den nassen, schleimigen und furchtbar schweren Fisch aus dem Keschernetz hieven wollte, um ihn meinem Vater zu überreichen, der schon den Hammerstiel in seinem Armeerucksack suchte. Damit würde er dem Karpfen einmal kräftig auf den Kopf schlagen, um ihn zu betäuben. Anschließend würde er mit der scharfen Klinge seines Messers in sein Herz stechen, das sich am Ende der Kiemendeckel befindet und das so groß ist wie eine Weintraube. Es würde sofort aufhören zu schlagen. Den Karpfen wollten wir räuchern, bei uns im Hof, wie wir es immer machten, wenn er einen fing. Aber dazu kam es nicht. Der Karpfen zappelte, schlug mit Kopf und Schwanzflosse auf das vertrocknete Gras, die Kiemen auf- und zudrückend, und entglitt schließlich meinen Kinderhänden. Ehe ich mich versah, rutschte er die steile Böschung nach unten, über Vogelknöterich und Weißklee, und landete schließlich im knietiefen Wasser, wo er, nachdem er sich einen Augenblick besonnen hatte, und noch bevor mein Vater den Kescher wieder ins Wasser stoßen konnte, mit der Schwanzflosse schlagend in der Tiefe verschwand.

Kurz bevor meine Mutter starb, saß ich mit meinen Schwestern an ihrem Bett. Ute und Marion waren schon verheiratet, ich hatte mich gerade erst mit Katrin verlobt. Mutter war seit Monaten krank. Sie sah uns der Reihe nach an und sagte schließlich, auf die ihr ganz eigene Art, in einem sanften Ton und fast flüsternd, sie habe vor langer Zeit, als wir drei noch nicht einmal zur Schule gingen, einen einzigen Wunsch gehabt: dass aus uns Kindern Erwachsene werden, die ihren Platz in der Welt beanspruchen. Genau so sagte sie es – und lächelte dabei.

Als meine Mutter starb, konnte sie auf ein langes Leben zurückblicken. Meiner Frau blieb dieses Glück verwehrt. Meinem Sohn ebenso. Jedenfalls dachte ich das bis vor einem Jahr – und spätestens hier fängt es an, kompliziert zu werden.

Lange Zeit habe ich versucht, die Gedanken, mein Kind und Katrin betreffend, zu unterdrücken. Ich wusste mir nicht anders zu helfen – und es fühlte sich, wenn schon nicht gut, dann doch zumindest in Ordnung an. Heute weiß ich, dass der Versuch, die Ereignisse der Vergangenheit unter den Teppich zu kehren, um das führen zu können, was man ein normales Leben nennt, von Anfang an zum Scheitern verurteilt war.

Viele Jahre nachdem mir der große Zeilenkarpfen wieder ins Wasser gerutscht war – ich hatte gerade meinen Schulabschluss gemacht und würde bald in ein Studentenwohnheim nach Jena ziehen –, gestand ich meinem Vater bei einem Bier in unserer Küche, dass ich eventuell etwas nachgeholfen hätte, damals, weil er mir leidtat, dieser große, stattliche Fisch in all seiner Pracht und Schönheit. Ich hätte einfach nicht gewollt, dass er sterben musste, nur weil wir an diesem Tag aus heiterem Himmel beschlossen hatten, Heißhunger auf geräucherten Karpfen zu haben. Mein Vater hörte mir aufmerksam zu, während ich ihm meine Beichte vortrug, mit zusammengekniffenen Augen, nachdenklich blickend, so, als würde ich einen komplizierten Vortrag halten. Nachdem ich fertig war, trank ich einen großen Schluck Bier und blickte ihn unsicher an, weil ich nicht wusste, wie er reagieren würde. Plötzlich musste er laut lachen, und obwohl sich währenddessen tiefe Falten auf seinem Gesicht abzeichneten und mir sein krummer Rücken auffiel, der vom Rheuma kam, sah er wesentlich jünger aus: »Denkst du, das habe ich nicht gemerkt?«

Karpfen können, vorausgesetzt, sie bleiben von Krankheit, Raubfischen, gefräßigen Kormoranen und Anglern verschont, problemlos fünfzig Jahre alt werden. Im Gegensatz zu uns Menschen werden sie im Alter immer schöner, ihre Haut, mal bronze-, mal kupferfarben, je nach Licht, nimmt einen satteren, tieferen Ton an. Mit jedem Jahr, das verstreicht, werden sie scheuer, fressen weniger, und irgendwann, wenn sie merken, dass es bald zu Ende geht, verlassen sie ihren Trupp, dem sie bis dahin verbunden waren, werden zu Einzelgängern und sterben schließlich an einem geschützten Ort, zwischen den Stängeln der Seerosen oder im Schatten eines moosbewachsenen Baumstammes, der einmal hier ins Wasser kippte. Dieser Tod, könnte man sagen, war nicht umsonst. Der leblose Karpfenkörper dient nun Raubfischen wie Aal und Wels als Futter.

Mein Sohn starb nur wenige Stunden nach seiner Geburt. Sein Tod war nichts anderes als eine dunkle Laune der Natur, das glaubte ich damals jedenfalls zu wissen. Aber manchmal erkennt man die wahren Umrisse der Dinge erst im Laufe der Zeit, ob man will oder nicht.

2

An einem Sonntag vor ziemlich genau einem Jahr geschah etwas Merkwürdiges. Ich war ein paar Stunden am Fluss gewesen und betrat am späten Nachmittag das Haus, in dem ich mit Anne lebe und in dem schon meine Eltern und deren Eltern gewohnt haben.

Anne und ich haben nicht vor zu heiraten. Die Vorstellung, in unserem Alter – ich bin fünfundsechzig, Anne ist zweiundsechzig – noch einmal vor einem Altar zu stehen, amüsiert uns.

An Tagen, die ich in meinem Keller verbringe, wo ich Blinker aus alten Löffeln bastele, die ich auf Flohmärkten in der Umgebung kaufe, so wie mein Vater es gemacht hat, und Posen aus teurem Balsaholz fräse, um sie dann aufwendig zu lackieren, lässt Anne mich in Ruhe, so als hätte ich darum gebeten. Wenn sie mittags noch immer im Bett liegt, was manchmal vorkommt, weiß ich, dass sie dort bis zum Abend bleiben wird. Ich stelle ihr dann wortlos einen Teller mit Suppe auf das Tischchen neben ihrem Bett, und wenn ich später noch einmal leise die Tür öffne, um zu sehen, ob sie schläft, ist der Teller meist leer.

An jenem Sonntag im Mai legte ich meinen schlammigen Angelrucksack auf den Dielen ab, was Anne, wie ich wusste, nicht gefallen würde, weil es gegen unsere Abmachung war, dass ich die Angelausrüstung und damit all den Dreck ausschließlich im Keller aufbewahre. Anschließend zog ich mir die Schuhe aus, schlüpfte aus meiner Regenhose, die tropfnass war, und hängte sie zusammen mit der ebenfalls nassen Regenjacke an den Haken. Dass ich den Rucksack mit nach oben genommen hatte, würde in Annes Augen wie eine Provokation wirken und für eine kleine, harmlose Auseinandersetzung sorgen. Aber einer der Lederriemen des Rucksacks war gerissen, ich wollte ihn abends gegen einen anderen tauschen und würde also nähen müssen. Deshalb hatte ich ihn mit nach oben gebracht, aber das würde ich Anne nicht erzählen. Manchmal machte es mir regelrecht Spaß, sie zu reizen oder zu überprüfen, wie weit ich es treiben konnte.

Sie trat aus dem Wohnzimmer, ging auf mich und den Rucksack zu, aber anstatt ihn kritisch in Augenschein zu nehmen, umarmte sie mich, etwas fester als gewöhnlich, und sah mich danach an, eindringlich und besorgt, wie mir schien. Der Rucksack und der Schlamm, das alles war ihr gar nicht aufgefallen. Etwas an der Art, wie sie mich anblickte, irritierte mich. Es vergingen ein paar

Sekunden, in denen wir einfach nur im Flur standen, starr und stumm, als wären wir das Bild, das jemand von dieser Szene gemalt hätte.

Dann, mit einem Mal, wich sie meinem Blick aus, so als sei etwas passiert, und das war es ja auch, nur wusste ich das noch nicht.

Es hatte eine Weile gedauert, bis sie mich wieder ansehen konnte, vielleicht, aber das werde ich sie nie fragen, hatte sie überlegt, mir einfach zu verschweigen, was geschehen war, weil sie wusste, dass es alles, woran ich seit jeher glaubte, ins Wanken bringen würde. Kurz bevor ich die Geduld verlor, fiel mir auf, dass sie einen Zettel in ihrer Hand hielt.

»Daniel hat angerufen«, sagte sie, mit trockener und brüchiger Stimme.

Daniel, mein einziges Kind, das seit vierzig Jahren tot ist.

»Was sagst du?«, fragte ich, viel zu laut, wie ich sofort begriff.

Offensichtlich hatte ich sie falsch verstanden. Aber sie sagte es noch einmal: »Daniel hat angerufen.«

Sie sagte das in einem Ton, der sowohl feierlich als auch besorgt klang, als wüsste sie nicht, wie ich reagieren würde, und so, als fürchte sie sich gewissermaßen auch davor, was diese drei Worte auslösen würden.

Sie hielt mir den Zettel entgegen, auf dem eine Telefonnummer stand. Ich weiß nicht, wie lange ich diesen

Zettel betrachtete, aber ich fühlte mich außerstande, etwas anderes zu tun, als auf diese Zahlen zu blicken. Sie kamen mir vor wie ein langes, lateinisches Wort, das ich mir Silbe für Silbe erschließen musste – nur um es dann am Ende doch nicht zu verstehen.

»Du sollst zurückrufen«, sagte Anne. Ihre Stimme hatte nun wieder beinahe ihren natürlichen, weichen und gleichmäßigen Klang.

Dann kehrte sie mir den Rücken zu, ging an der Kommode vorbei, an dem Wandkalender mit Bildern ihrer Patentochter, die uns nur selten besuchte, und jeden Schritt machte sie betont langsam, sie lief wie in Zeitlupe, gemächlich, tastend, bereit dazu, sofort umzukehren und zu tun, was immer sie tun müsste, je nachdem, wie meine Reaktion ausfiel.

Irgendwann war sie im Wohnzimmer verschwunden. Ich hörte, dass sie den Fernseher ausschaltete. Vermutlich saß sie jetzt auf dem Sofa, sah aus dem Fenster, mit Blick auf die Weinberge im Süden, die Unstrut, deren in der Sonne glitzerndes Wasser man hinter dem schmalen Streifen Bäume erahnen konnte, und wartete.

3

Anfang Mai, wenn die meisten Angler das Ende der Hecht-Schonzeit feiern, indem sie Blinker und Wobbler in den Fluss werfen, sitze ich für gewöhnlich ein paar Nachmittage lang an einem träge fließenden Seitenarm der Unstrut unweit von Memleben und beobachte die Brassen beim Laichen. Die großen und schweren Männchen stürzen sich auf die Weibchen, um sich auf eine halsbrecherische Art an ihnen zu reiben. Die halbe Stunde Fahrt, die ich benötige, um an diesem Schauspiel teilhaben zu können, nehme ich gerne in Kauf. Die Brassen suchen diesen flachen und verkrauteten Bereich des Flusses mit einer Verlässlichkeit auf, die mich jedes Mal aufs Neue überrascht. Sämtliche Männchen haben Laichausschlag, weiße, reiskorngroße Wucherungen auf der Stirn, die man für eine Pilzerkrankung halten könnte. Eines dieser Männchen habe ich drei oder vier Jahre in Folge in diesem Seitenarm gesehen. Es war leicht zu erkennen: Die Rückenflosse fehlte, und die rechte Flanke war gezeichnet von einer fast senkrecht verlaufenden Vernarbung, die vermutlich von einem Kormoranangriff stammte. Irgendwann jedoch kehrte das Männchen nicht mehr zurück an diesen Ort. Vermutlich hatte es den Winter nicht überlebt, war einem großen Raubfisch zum Opfer gefallen, oder es laicht nun einfach woanders. Ich bin versucht, an Letzteres zu glauben.

Meist sind es zehn oder elf Brassen, die sich in dieser kleinen Altarmbucht einfinden. Ich kenne kaum einen Fisch, dessen Körper solch eigenwillige Formen annimmt: Die Brasse ist auffallend schlank und schmal, als habe sich eine Flunder vom Grund erhoben und in die Senkrechte begeben. Ihr Rücken schießt in die Höhe, und es braucht nicht viel, um auf den Gedanken zu kommen, eine Brasse leide, kaum dass sie auf der Welt ist, an einem ausgeprägten Buckel. Es gibt Fische, die buhlen um Aufmerksamkeit, die prahlen mit ihrer Schönheit – die rotflossige und golden glänzende Rotfeder zum Beispiel, oder die Äsche, die ihre große, fahnenartige Rückenflosse stolz wie einen Irokesenschnitt trägt und deren purpurnes Strahlen, hat man es erst einmal gesehen, einem einfach nicht mehr aus dem Kopf geht. Brassen hingegen halten sich in diesen Dingen bedeckt – ihre Flossen sind grau, und ihr von auffallend viel Schleim versiegelter Körper ist überzogen mit einem matten, unscheinbaren Bronzeton.

An den Blättern des Kamm-Laichkrauts, das noch nicht sehr hoch steht, und an den Armen des Rauen

Hornblatts werden, wenn die Brassen wieder verschwunden sind, zweihunderttausend je anderthalb Millimeter kleine Eier kleben, pro Weibchen, versteht sich. Ein Großteil davon wird gefressen werden in den darauffolgenden Tagen. Kein Fisch hat einen so guten Geruchssinn wie der Aal, und kein anderer hat einen so unbändigen Appetit auf Rogen. Am Ende werden vielleicht ein paar Dutzend dieser Brassen überleben und heranwachsen können, um dann im Alter von drei oder vier Jahren selbst zu laichen, nicht unbedingt an dem Ort ihrer Geburt, auszuschließen ist es jedoch nicht.

Nach dieser vielleicht zwei Wochen andauernden Laichzeit werden viele der Brassen klaffende Wunden davongetragen haben, die sich nicht selten entzünden und für manche also den Tod bedeuten: Ein Leben vergeht, viele neue entstehen.

Sitze ich in völliger Reglosigkeit zwischen den zwei schiefen Feldulmen, deren Äste fast bis ins Wasser reichen, und beobachte, was es nur zwei, drei Meter vor mir zu beobachten gibt, dann kommt es vor, dass ich an Katrin und meinen Sohn denke. Manchmal habe ich den Verdacht, dass ich ausschließlich deshalb diesen Ort aufsuche, im Mai eines jeden Jahres, dem Monat, in dem Daniel geboren wurde und starb. Manchmal denke ich aber auch, dass ich mich einfach für Fische interessiere, für das Leben im Verborgenen. Vermutlich trifft beides zu.

Als ich Katrin das erste Mal sah, war ich zwanzig Jahre alt und hatte gerade mein Lehramtsstudium in Jena begonnen. Wir waren uns in einem der Seminare über den Weg gelaufen. Was mein Äußeres angeht, gleiche ich eher einer Brasse als einer Rotfeder. Ich wusste, dass meine Chancen, auf irgendeine Weise ihr Interesse an mir wecken zu können, vernichtend gering waren. Ich war nicht auf den Kopf gefallen, aber dass ich wesentlich klüger als andere war, konnte ich genauso wenig behaupten. Ich war witzig, das schon, aber wiederum nicht so witzig, dass ich zum Klassenclown getaugt hätte. Ich konnte gut frei reden, war am Ende aber nicht so redegewandt, dass ich andere, zum Beispiel Katrin, in den Seminaren damit hätte beeindrucken können. Meine Augenbrauen sind seit jeher buschig und kaum zu bändigen, was mir damals viele unvorteilhafte Spitznamen bescherte. Außerdem habe ich eine etwas zu lange und flache, sich deutlich nach links neigende Nase, die oft gerötet ist, so als hätte ich ein Alkoholproblem. Ich war der Ansicht, dass all dies, diese kleinen Unzulänglichkeiten und Fehler, der Grund war, warum sich bisher keine Frau für mich interessiert hatte.

Wir waren fünf Jahre zusammen, Katrin und ich, von Anfang bis Ende unseres Studiums und noch ein paar Monate darüber hinaus, bis zu jenem Tag, sechs Wochen nach Daniels Tod, an dem sie das Haus verließ und nie wieder zurückkommen sollte.

Katrin war diejenige gewesen, die mich ansprach, nach dem zweiten oder dritten Seminar, das wir zusammen hatten. Ich war davon ausgegangen, dass ihr Interesse an mir nur von kurzer Dauer sein könnte, dass alles ein Ende finden würde, sobald sie Bekanntschaft mit all meinen Unzulänglichkeiten gemacht hätte. Aber dem war nicht so. Als sie mich das erste Mal besuchen kam, brachte sie ihre Zahnbürste mit. Seitdem galten wir als unzertrennlich, und das waren wir auch, jedenfalls bis zu jenem Tag im Mai des Jahres 1978.

Meine Erinnerung an Katrin und unsere Zeit vor der Geburt bereitet mir nur die schönen Momente auf. Dabei bin ich mir sicher, dass wir Auseinandersetzungen hatten in all den Jahren, größere wie kleinere – warum sollte es nicht so gewesen sein, wenn zwei Menschen tagein, tagaus Zeit miteinander verbringen. Reibung liegt in unserer Natur. Aber ich kann mich partout nicht daran erinnern. Auch jetzt, wenn ich die Gedanken bündele und der Vergangenheit zuwende, fällt mir kein Streit ein zwischen uns, kein unversöhnliches Schweigen und keine Versöhnung nach Stunden des Zorns. Ich weiß, dass ich mir etwas vormache, was dies betrifft, und ich frage mich, warum etwas in mir so sehr darauf bedacht ist, nur das Schöne dieser fünf Jahre freizulegen, als wäre mir die Wahrheit nicht zuzumuten oder als sei das, was nach der Geburt Daniels geschah, schon Zumutung genug.

4

Der Tod eines Neugeborenen gehört zu den Dingen, die am äußersten Rand unserer Vorstellungskraft liegen. Er widerspricht dem natürlichen Ablauf des Lebens auf so ungeheuerliche Weise, dass mich auch heute noch der leiseste Gedanke daran aus dem Gleichgewicht bringen kann.

Fragt mich jemand, ob ich Kinder oder gar Enkelkinder habe, erzähle ich zumeist eine etwas geschmeidigere und kürzere Variante, ohne all die Widersprüche und Ungereimtheiten, die am Ende aber doch da endet, wo es nun mal geendet hat – auf einem kleinen Friedhof in Größnitz unweit der Unstrut.

Am siebten Mai 1978, drei Tage nach der Geburt meines Sohnes, hob ich das Grab aus, in dem er beerdigt werden würde. Eigentlich war dies die Aufgabe eines Feuerwehrmannes, der gleich am Ortseingang in einem großen, von Efeu bewachsenen Haus wohnte. Aber er war verreist.

Dass ich diesen Tag nie würde vergessen können, wusste ich schon damals, als ich frühmorgens auf der taunassen Wiese Maulwurfshügeln auswich und vorbei an blühenden Apfel- und Quittenbäumen, die kaum größer waren als ich selbst, in Richtung der Gräber ging. In der Luft lag mal etwas Süßliches, mal etwas Herbes, je nachdem, aus welcher Richtung die Windstöße kamen, die mir durch die Haare fuhren. Schritt für Schritt näherte ich mich dem Eingangsportal des Friedhofs. Ich war ganz darauf bedacht, mir möglichst kein Detail dieses Morgens einzuprägen – und genau das, so glaube ich zumindest heute zu wissen, war vermutlich der Fehler. Je mehr ich mich darauf konzentrierte, bloß nichts wahrzunehmen, desto mehr Details fielen mir auf. Die kastanienbraune Katze, die in einer Ligusterhecke verschwand, mit schnellen Schritten und dickem Schwanz, zwei Amseln, die neben einem der Maulwurfshügel saßen, ein knatternder Zweitaktmotor, und auch das Licht dieses Morgens werde ich wohl nie vergessen können: Der Himmel war überzogen mit dunklen, schweren Wolken, so als stünde ein Gewitter unmittelbar bevor, und genau dort, wo ein unförmiges Loch zwischen den Wolken klaffte, ein Stück über dem Horizont, schien die Sonne – und das sorgte für ein merkwürdiges Licht, weich und hart zugleich.

Die Blüten der Äpfel und Quitten strahlten in einem blendenden Weiß, und alles, egal ob die Wiese, die saftig grün war, die Kirche, die ich schon sah und die erst vor Kurzem pastellgelb gestrichen worden war, der rote Traktor, der hier seit Jahren neben einem schiefen Holzschuppen stand – alles leuchtete so intensiv, dass ich die Augen zusammenkniff, während ich lief, sodass ich nur noch schemenhafte Umrisse erkannte.

Schließlich trat ich in den Schatten der kleinen Friedhofskirche, hielt den Spaten in der Hand, grub und grub, und als das Maßband, das ich hin und wieder anlegte, anderthalb Meter Tiefe anzeigte, warf ich den Spaten auf den Erdhaufen hinter mir, der fast mannshoch war, setzte mich auf das platt getretene Gras und schloss die Augen.

Ich hatte sechs Stunden ununterbrochen gegraben. Erst hatte ich mit einer manischen Hingabe an unser Haus gedacht, das, seitdem Ute und Marion weggezogen waren, uns gehörte. Ich sah alles genau vor mir, das Haus, unseren Garten, den Hof mit Vaters altem Räucherofen, die einzelnen Zimmer, und währenddessen war der Haufen Erde hinter mir immer weiter angewachsen. Wir würden das Haus renovieren müssen, Katrin und ich, jedes Jahr ein Zimmer. Ich hatte die Grundrisse vor Augen, die wir oft begutachtet hatten, in Gespräche vertieft, welches Zimmer wir wie umgestalten wollten, während Katrins Bauch unaufhörlich wuchs. Ich dachte an die Wand im Wohnzimmer, die es zu entfernen galt, an die Farbe, die aufzutreiben nicht so einfach war wie zunächst angenommen.

Dann verblassten diese Gedanken, ich hielt kurz inne, und während ich flach atmete, keuchend vor Erschöpfung, begriff ich, dass ich in all der Zeit Selbstgespräche geführt hatte. Es ist nichts dabei, Selbstgespräche in einem Moment wie diesem zu führen, ich schäme mich nicht dafür, und es war ja ohnehin niemand da, der mich hätte hören können. An jenem Morgen aber packte mich plötzlich eine Wut, herb und schäumend. Ich trat den Spaten nicht mehr nur in die Erde, so wie ich es bisher gemacht hatte, sondern ich prügelte ihn förmlich hinein, ich drosch damit auf die Erde ein, mit all der Kraft, die ich damals als Fünfundzwanzigjähriger hatte.

Ich saß sicher schon eine halbe Stunde vor dieser Grube, über den Gesang der Rotkehlchen legte sich das Rascheln der Buchenblätter, und plötzlich kam mir dieser stille Ort sehr laut vor. Ich begann zu weinen.

Es war das erste Mal nach Daniels Tod, dass ich Tränen vergoss.

Als ich mich etwas beruhigt hatte, fuhr ich nach Hause, duschte, suchte und fand das Buch, das ich Katrin mitbringen sollte, warf zuletzt noch ein neues Handtuch in meinen Rucksack und machte mich auf den Weg nach Naumburg ins Krankenhaus.

Dass Daniel nicht mehr lebte, verstand ich erst an dem Tag, als ich sein Grab aushob. Erst als ich weinend zusammenbrach, konnte ich diesen Umstand in ein konkretes

Gefühl übersetzen, in etwas, das sich greifen ließ. Mein Kind war gestorben, und all das, was ich mir zusammen mit Katrin ausgemalt hatte, unser Haus, womöglich bald ein zweites Kind, eine Ehe, die uns beide glücklich machen würde, war nichts weiter als eine vorübergehende Idee gewesen, die zwei Menschen von einem Leben hatten.

Lange Zeit war ich davon ausgegangen, dass der Moment, in dem die Ärztin das Zimmer betrat, in dem Katrin lag, deren Hand ich gerade hielt, jener war, in dem ich die Dinge begriff, so wie Katrin sie begriffen hatte. Das war einen Tag nach der Geburt gewesen.

Die Ärztin sagte, mit ernster Stimme, die Hände hinter dem Rücken verschränkt, dass Daniel auf dem Weg ins Kinderkrankenhaus nach Jena verstorben sei. Es tue ihr sehr leid. Das Herz sei einfach zu schwach gewesen. Wirklich sehr leid tue ihr das.

»Was?«, fragte Katrin leise, zögerlich noch, tastend, so als begreife auch sie nicht, was gerade gesagt wurde.

Die Ärztin hielt ihrem Blick stand, das schon, aber ihr Gesicht schien eine Maske geworden zu sein.

Katrin fragte noch einmal: »Was?«

Plötzlich lag Zorn und Ungläubigkeit in diesem Wort, so viel, wie jemand aufzubringen imstande ist, der gerade erst Mutter geworden war und es von einem Moment auf den anderen nicht mehr sein sollte.

Sie schüttelte meine Hand ab, wollte sich aufrichten, was nicht gut ging, die Wunde auf ihrem Unterbauch tat weh und spannte, ich erkannte es an ihrem schmerzerfüllten Gesicht, sie verzog ihren Mund und zog zischend Luft ein.

Die Ärztin sah nicht aus wie die Überbringerin schlechter Neuigkeiten. Sie hatte einen offenen Blick, fein gezeichnete Gesichtszüge, volle Lippen, und ich frage mich, warum ich damals, in genau diesem Augenblick, über derlei Dinge nachdachte, warum ich, unversehrt wie ich war, bei Sinnen und ausgeschlafen, nichts unternahm – ich hätte sie resolut nach draußen führen können, die Ärztin, damit wir das Missverständnis, das offensichtlich ja vorlag, hätten aufklären können. Vermutlich hätten andere Männer dies getan, oder sie hätten umgehend begonnen, noch während die erste herbe Trauer aufstieg, die richtigen Signale an ihre Frau auszusenden: Ich bin da. Wir teilen diesen Schmerz. Meine Haut berührt deine Haut. Aber ich unternahm nichts. Ich saß auf meinem Stuhl, der hart und unbequem war, sah aus dem Fenster, sah die Wolken, sah, welche Formen sie angenommen hatten, und fand sie schrecklich schön, sah die Kastanie, die blühte – alles blühte gerade, überall war das Leben, und das zu begreifen ließ mich seltsam müde werden.

Nachdem die Ärztin das Zimmer verlassen hatte, begann sich Katrins Wut gegen mich zu richten.

»Jetzt sag doch was!«

Ich habe in den letzten Jahren oft darüber nachgedacht, warum ich tat, was ich in diesem Moment tat – nämlich nichts. Meine Aufgabe, so jedenfalls verstand ich meine Rolle als Vater, war es, mich an dem Umstand zu erfreuen, dass es nun dieses Kind gab, das ich mit einer Frau bekommen hatte, die ich liebte und die mich liebte. Nun aber war die Rolle, die für mich vorgesehen war, eine gänzlich andere.

Auch als Katrin meinen Namen sagte, an jenem Tag im Krankenhaus, mit vor Wut und Verzweiflung verzerrter Stimme, blieb ich stumm, suchte nicht ihre Hand mit meiner, umarmte sie nicht und weinte nicht zusammen mit ihr. Stattdessen stand ich auf, kippte das Fenster an, setzte mich wieder an ihr Bett, legte meinen Kopf auf die Matratze dicht neben ihr Knie, und wäre nicht ein Arzt in den Raum gekommen, den ich noch nie zuvor gesehen hatte, wäre ich vermutlich sofort eingeschlafen. Er bat mich darum, Formulare zu unterschreiben, und das tat ich auch.

5

Von Katrin und Daniel habe ich Anne gleich zu Beginn unserer Beziehung erzählt, und auch von den Zweifeln, die Katrin hegte, ob unser Kind wirklich tot war. Wann genau ich das tat, hätte ich vermutlich längst vergessen, aber an diesem Abend wurden mit Einbruch der Dämmerung vielerorts im Unstruttal große Osterfeuer angezündet. Anne und ich saßen in der Küche bei gedämmtem Licht, hörten Musik und tranken Wein. Wir waren im Begriff, Gemüse zu schneiden für einen schnellen Auflauf, um dann das Haus zu verlassen. Wir wollten uns auf eine Bank setzen, von der aus man gute Sicht auf das Tal hat und auf der ich schon als Kind saß, um zu verfolgen, wie einer der Bauern aus Größnitz den riesigen Holzhaufen entzünden würde, der am Fuße des abschüssigen Felds aufgetürmt war. Jedes Jahr aufs Neue setze ich mich am Abend des Ostersamstags auf diese verwitterte Holzbank – und ich bin auch heute noch gerne dort: Wenn ich genug habe, kann ich gehen, ohne mir die spitzen Bemerkungen meiner Nachbarn anhören zu müssen.

Als ich Anne von Katrins Verdacht erzählt hatte, legte sie das Messer beiseite.

»Wie bitte?«, sagte sie, legte ihren Kopf schief und sah mich eindringlich an.

Ich erzählte ihr, was Katrin mir immerzu gesagt hatte: Dass irgendetwas an der Sache faul sei, das habe sie als Mutter einfach gespürt.

Auch ich legte nun das Messer auf den Tisch.

Als ich sah, wie sie den Kopf schüttelte und ihre Augen sich zu Schlitzen verengten, da erinnerte sie mich an Katrin, wie sie im Jahr 1978 in dieser Küche saß, mit exakt dem Gesichtsausdruck, den Anne gerade hatte.

Diese Ereignisse waren so lange her, dass ich alles in einem seltsam gleichgültigen und beiläufigen Ton vortrug. Ich hatte mir den Kopf schon viel zu oft darüber zerbrochen. Das Ungeheuerliche von Katrins Verdacht hatte seinen Schrecken für mich zwar nicht verloren, aber ich war ernüchtert und der Sache nach all der Zeit ganz einfach müde geworden.

»Und dann?«, fragte Anne.

Ich schnitt die Möhren klein, die Zwiebeln, die Kartoffeln, und währenddessen erzählte ich ihr, was es zu erzählen gab: Dass Daniel noch im Bauch unstete Herztöne gezeigt habe. Dass Katrin während des folgenden Kaiserschnitts, weil die Narkose nicht richtig gesessen habe, Daniel hatte schreien hören können – das Schreien und Wehklagen eines gesunden Babys, wie sie mir immer wieder versicherte. Dass der Arzt, der zu uns ins Krankenzimmer kam, einen Tag nach Daniels Geburt, kurz nachdem wir erfahren hatten, dass er auf dem Weg ins Kinderkrankenhaus verstorben sei, sich seltsam verhalten habe, dass er, wie sie sagte, gewirkt habe wie ein Schauspieler, der seine Rolle nicht beherrschte. Mitleid und Bedauern, sagte Katrin damals, klängen ganz einfach falsch, wenn sie nur gespielt seien. Ich erzählte Anne von all den kleinen Zeichen, die Katrin glaubte erkannt zu haben: Die Augen des Arztes, ja sein gesamtes Gesicht, alles an ihm habe einen merkwürdigen Ausdruck angenommen, während er die Formulare auf das Tischchen legte, um dann Katrin und schließlich auch mich anzusehen, erst unsicher, dann kühl und abweisend. Das alles, das hatte für Katrin festgestanden, passte nicht zu dem, was er gerade im Begriff war uns mitzuteilen.

Dann erzählte ich Anne, dass Katrin und ich drei oder vier Formulare unterschreiben sollten und dass wir nicht wussten, was in ihnen stand. Aber der Arzt, der mir gerade einmal bis zur Brust reichte, hatte uns abwinkend versichert, dass alles zu unserem Besten sei, Formalitäten eben, man wolle uns Arbeit ersparen in einem so schmerzvollen Moment wie diesem – und natürlich glaubte ich das. Warum um alles in der Welt sollte ein Arzt nicht die Wahrheit sagen?

Ich weiß bis heute nicht, was wir genötigt wurden zu unterschreiben. Ganz sicher wäre es meine Aufgabe gewesen, die Formulare wenigstens zu überfliegen – aber was nützt diese Erkenntnis, wenn sie Jahrzehnte zu spät kommt.

Schließlich fragte Anne, ob wir ihn denn zumindest gesehen hätten, damals, direkt nach der Geburt. Eine Mutter, sagte sie, müsse doch ihr Neugeborenes in den Arm nehmen können. Ich schüttelte den Kopf und sie seufzte, dann gab sie das Gemüse in die Auflaufform, und ich schloss für einen Moment meine Augen.

Während ich Anne dies alles sagte, verschwieg ich ihr etwas, was eine Kleinigkeit zu nennen wohl nicht ganz zutreffend wäre. Ich habe es ihr bis heute nicht erzählt, und es kommt vor, dass ich das brennende Verlangen verspüre, es ihr gegenüber loszuwerden, so als gelte es, eine seit Jahrzehnten überfällige Beichte abzulegen. Ich erinnere mich, schon ein paar Anläufe deshalb unternommen zu haben, nur um dann plötzlich doch auf ein anderes Thema zu sprechen zu kommen. Jedes Mal hat mich der Mut plötzlich wieder verlassen, weil ich insgeheim fürchtete, das, was Anne von mir hält, was sie über mich denkt – etwas, das sich aus der Erfahrung von mehr als einem Dutzend zusammen verbrachter Jahre speist –, würde nach meiner Beichte Schaden nehmen. Ich weiß nicht, ob diese Befürchtung übertrieben ist, und ich werde es wohl auch nie erfahren. Wenn ich etwas weiß, dann, dass ich eine Art Verrat begangen habe, an Katrin und an dem, was wir einander versprochen hatten, damals, vor langer Zeit: dass wir da sein würden füreinander, egal, was passiert. Aber ich war nicht da, als es darauf ankam, ganz im Gegenteil.

Hat sich dieser Gedanke erst einmal in meinem Kopf festgesetzt, was manchmal geschieht, dann ist er nur schwer wieder zu vertreiben, das kann Stunden dauern, ganze Tage, und vielleicht, das glaube ich hin und wieder, ist dies meine Art der Buße.

Eine Woche nach Daniels Beerdigung durfte Katrin das Krankenhaus verlassen. Wir fuhren mit dem Wartburg nach Hause, der seit dem Tod meines Vaters mir gehörte. Wir schwiegen, während wir die vielen Weinhänge passierten. Die Reben standen kurz vor der Blüte, was die Leute hier im Tal jedes Mal in eine seltsame Hochstimmung versetzt. Wir schwiegen, als wir schon die saftig grünen Streuobstwiesen sahen, die das Ufer der sich windenden Unstrut zu unserer Rechten begrenzten, nicht weit von Größnitz entfernt. Und wir schwiegen, als ich ihr schließlich im Flur die Jacke abnahm und sie stützte, während sie die Treppen hinauf zum Schlafzimmer ging. Ich brachte ihr ein belegtes Brot, das sie nicht aß, dann kochte ich ihr einen Tee, den sie nicht trank, und als ich kurze Zeit später wieder nach ihr sah, lag sie immer noch rücklings auf dem Bett, starrte an die Decke und weinte. Sie biss sich auf die Unterlippe und gab keinen Ton von sich, während ihr die Tränen über die Wangen liefen. Ich war im Begriff, zu ihr zu gehen, um dieses Schweigen ein für alle Mal zu beenden, sodass wir zumindest gemeinsam trauern konnten. Die Dielen unter meinen Füßen knarzten mit jedem Schritt, den ich tat, was unangenehm laut war – und jede Bewegung, die ich machte, schien mir falsch zu sein, störend. Ich blieb stehen, zwei, drei Meter von ihr entfernt, und glaubte plötzlich zu spüren, wie dieser Raum schrumpfte, so sehr, dass es ganz offensichtlich keinen Platz mehr für mich gab.

Ich verließ das Schlafzimmer und ging die Treppen nach unten, in dem festen Glauben, das einzig Richtige zu tun.

Schuld auf sich zu laden, ist leicht, ungleich schwerer ist es, sich das auch einzugestehen, und sei es nur sich selbst. Es fällt mir schwer zu akzeptieren, dass mein fünfundzwanzigjähriges Ich sich verhielt, wie es sich damals verhielt, dass ich mich entzog, einfach so, denn das war, was ich tat. An diesem Tag und in den darauffolgenden Wochen, so lange, bis es niemanden mehr gab, dem ich mich entziehen konnte.

Nachdem ich an jenem Tag gesehen hatte, dass Katrin weinte, machte ich das Gegenteil dessen, was ich hätte tun müssen: Ich zog die Haustür hinter mir zu und ging los, ohne zu wissen, wohin. Irgendwann beschleunigte ich meinen Schritt, beschienen von der mittäglichen und kräftigen Maisonne, bis ich schließlich rannte, die abschüssige Straße hinunter, so schnell, dass ich irgendwann ins Straucheln kam. Ehe ich mich versah, stand ich schweißnass und schwer atmend am Ufer der Unstrut. Ich setzte mich in den Schatten einer großen, krummstämmigen Schwarzpappel, schloss die Augen und spürte einen heftigen Schwindel.

Ich weiß nicht mehr, ob ich wirklich, so wie meine Erinnerung mich glauben machen möchte, einfach nur dasaß, Stunde um Stunde, keinen Gedanken an mein Kind und meine Frau verschwendend, sondern allein den steten Lauf des Flusses beobachtend, alles wahrnehmend, das Glucksen des Wassers, die vielen Verwirbelungen an der Oberfläche, das feine, kaum hörbare Geräusch, wenn die Schwanz- oder Rückenflosse eines nach einem Insekt schnappenden Fisches wieder unter der Wasseroberfläche verschwand.

Erst als ich einen heftigen Hunger spürte und mir auffiel, dass die tief stehende Sonne das Licht in einen blassen, sich ins Blaue neigenden Ton färbte, erst da wurde mir bewusst, wie lange ich am Fluss gesessen hatte. Mit dem festen Vorsatz, nun endlich die Stille zwischen Katrin und mir zu beenden, ging ich nach Hause.

Katrin lag immer noch oder schon wieder im Bett und erweckte den Eindruck zu schlafen. Ihr Atem war ruhig und gleichmäßig. Ich legte mich neben sie, und es dauerte nicht lange, bis ich begriff, dass sie wach war. Sie hatte geseufzt, und nun, dachte ich, wäre es an der Zeit, mit ihr zu reden, über Daniel, über uns, über ihren Verdacht – den ich ihr ausreden musste, das stand fest. Aber ich machte gar nichts. Sie seufzte noch einmal, rührte sich jedoch weiterhin nicht. Ihr Gesicht war dem Fenster zugewandt.

In jenem Moment fühlte ich das erste Mal eine herbe Kühle Katrin gegenüber – dass es ihr mit mir ebenso ging, wusste ich, ohne dass sie es mir sagen musste. Plötzlich erschien mir die Vorstellung, meinen Arm um sie zu legen und mit ihr zu sprechen, so abwegig, dass ich darüber erschrak. Zu diesem Zeitpunkt waren wir fünf Jahre zusammen, und nun, als ich stumm wie sie in das Dunkel des Zimmers starrte, drängte eine Erkenntnis in mein Bewusstsein, genauso klar wie diffus: In unsere Trauer über den Verlust eines gerade erst geborenen Kindes hinein wuchs schon ein weiterer Verlust, dem ich bloß noch keinen Namen geben konnte. Es war, als blickte ich permanent durch milchiges Glas – alles sah so aus wie immer, nur eben doch ganz anders.

Von dieser Nacht an schlief ich auf dem Sofa unten in der Stube, und bis zu dem Tag, an dem sie ging, während ich am Fluss saß, blind für das Offensichtliche und nichts ahnend, sollte sich das auch nicht mehr ändern.

Oft schon habe ich versucht, mich an die letzte Nacht zu erinnern, die wir gemeinsam in einem Bett geschlafen haben, an eine Geste, ein Wort, einen Geruch, an irgendetwas, aber es will mir einfach nicht gelingen.

6

An einem Tag im Spätherbst des Jahres 1967 beschloss ich, mit dem alten Feldstecher meines Vaters von einer nahen Bank aus, die günstig zwischen zwei Feldern stand, Vögel zu beobachten. Damals, ich war vierzehn, bereitete mir dies eine Zeit lang unbändige Freude. Ich konnte nur wenige Vögel beim Namen nennen, aber das störte mich nicht, ich *sah* sie ja – wie sie hießen, war mir nicht wichtig. Danach wollte ich meinen Vater am Fluss besuchen, was ich in all den Jahren zuvor nur ein paarmal getan hatte. Mein Besuch wäre also eine ziemliche Überraschung für ihn, und ich freute mich auf das Gesicht, das er machen würde, wenn er mich sähe, erst recht, wenn ich die Thermoskanne mit dem frisch aufgebrühten Kaffee aus dem Rucksack holen würde.

Ich wusste, dass er unterhalb des Lauchaer Wehrs auf Hecht fischte. Er hatte den ganzen Morgen von nichts anderem gesprochen, von den für seine Begriffe jedenfalls sensationellen Vorgängen, die dort gerade stattfanden, von den Dutzenden fingerlangen Fischchen, die er tags zuvor hatte beobachten können, während er mit Wurm auf Barsch angelte. Diese Fischchen – Ukelei oder Plötze, da sei er sich nicht ganz sicher – seien in ihrer Verzweiflung auf der Flucht vor dem großen, raubenden Hecht immerzu aus dem Wasser gesprungen, um dann, kurz nachdem sie wieder eingetaucht waren, schließlich doch noch von ihm gefressen zu werden. Ein wirklich großer Hecht müsse das gewesen sein, weit über einen Meter lang, der Bugwelle nach zu urteilen, dem Schwall Wasser, der sich erhob, und dem gewaltigen Geräusch entsprechend, als der Hecht wieder in den Fluss klatschte. Wir glaubten ihm diese Geschichten nicht. Für Mutter, meine Schwestern und mich stand fest, dass Vater seine merkwürdige Fischleidenschaft nur in einem besseren Licht darstellen wollte mit diesen aufgeblasenen Märchen. Angeln – diese Ansicht teilte ich ausnahmsweise mit meinen Schwestern – war nach dem Sammeln von Briefmarken wohl ungefähr der langweiligste Zeitvertreib, den man sich suchen konnte.

Als er an jenem Morgen am Frühstückstisch sein Fischmärchen vortrug, sah er mich mit beschwörender Eindringlichkeit an, er hob und senkte seine Brauen, machte buchstäblich große Augen, raufte sich die Haare, was ihn jedes Mal älter wirken ließ, half mit dieser und jener ausschweifenden Geste nach und nickte mir permanent zu, als wollte er prüfen, ob das geheime Band zwischen uns, das er sich so wünschte, schon existierte. Aber alles, was ich nach solchen Erzählungen tat, war, in das Kichern meiner Schwestern einzustimmen und meiner Mutter recht zu geben, wenn sie schließlich sagte, dass mein Vater ein untalentierter Lügner sei und dass er ja sowieso mit leeren Händen nach Hause komme und ihr, abgesehen davon, ein ordentliches Stück Schweinebraten viel lieber wäre als so ein Haufen Gräten im Fleischmantel. Das sagte sie oft, nachdem Vater uns eines seiner Märchen erzählt hatte, ohne scharfen Unterton, sie sagte es eher, um ihn zu necken, denn eigentlich aß sie gerne Fisch – wenn er denn welchen fing. Begriff mein Vater, dass wir ihm nicht glaubten, sah er immerzu so aus, als müsse er eine neuerliche Niederlage verkraften, und dann, während alle noch lachten, tat er mir plötzlich leid.

Nur selten ergab ich mich seiner euphorischen Stimmung und lief mit ihm auf verschlungenen Pfaden an die Unstrut, die nicht weit vom Haus meiner Eltern in Größnitz floss, um ein paar Kilometer stromabwärts in die Saale zu münden. Während wir loszogen – er trug Angelrucksack und Rutenfutteral, ich eine gut gefüllte Tasche mit Proviant –, sprach er meist von den zu erwartenden Fischen und erklärte, warum wir heute besonders gute Chancen hätten. Auf eine undurchsichtige Weise hatte das mit dem jeweiligen Luftdruck und der Windrichtung zu tun. Meist hörte ich nur mit halbem

Ohr zu, was er schnell begriff, um dann mitten im Satz zu enden und vor sich hin zu brummen, worüber ich lachen musste, jedes Mal. Für gewöhnlich hatte ich spätestens nach einer Stunde genug und ging nach Hause, von meinem Vater beobachtet, der dann schmollend auf seine Unterlippe biss, so als wäre er das Kind und nicht ich.

An jenem Tag im Spätherbst 1967 hatte ich eine Stunde lang auf der Bank gesessen und Vögel beobachtet. Die Bank stand bloß ein paar Hundert Meter entfernt von unserem Haus, dort, wo eines der Felder von einem Flecken Wald begrenzt wird. Schließlich, gegen fünfzehn Uhr, fuhr ich mit dem Rad die abschüssige, kurvige Straße hinunter nach Laucha zu meinem Vater.

Von Weitem konnte ich schon das Wehr erkennen, und ich hörte das Rauschen des hinabstürzenden Wassers. Ich fühlte plötzlich eine heftige Vorfreude, ihn zu sehen, so wie ich sie nur manchmal empfunden hatte, wenn mein Vater ein paar Tage nicht zu Hause gewesen war und dann mit einem Beutel voll Süßigkeiten für uns Kinder wieder vor der Tür stand, lachend und überdreht. Dann aber bemerkte ich, dass offensichtlich etwas nicht stimmte mit ihm. Ich befand mich auf der anderen Seite des Flusses, der hier etwas breiter war als gewöhnlich. Er machte den Eindruck, sich im Takt eines Liedes zu bewegen, sein Kopf zuckte vor und zurück. Weil er mich immer noch nicht gesehen hatte, stieg ich von meinem Rad, legte es auf die Wiese, um ihn, halb verborgen vom Stamm einer Kastanie, mit dem Feldstecher zu beobachten. Er fuhr mit der flachen Hand über seine Wange, als wische er etwas weg. Dann schnäuzte er in ein Taschentuch. Dass er bitterlich weinte, war mehr als offensichtlich. Es war nicht richtig, seinen eigenen Vater mit einem Feldstecher zu beobachten in einer Situation wie dieser. Das wusste ich, aber ich tat es dennoch, und währenddessen dachte ich daran, dass ich mich schleunigst wieder aufs Rad schwingen sollte, um über die Brücke zu ihm zu fahren, ihm den dampfenden Kaffee in den Becher zu gießen, so wie ich es vorgehabt hatte, mich ein bisschen mit ihm zu unterhalten und über den großen Hecht zu schimpfen, der einfach nicht beißen wollte. Aber das machte ich nicht. Ich schulterte meinen Rucksack und machte mich davon. Als ich mich noch einmal umdrehte, glaubte ich zu sehen, dass sein Blick mir folgte, aber ich war mir nicht ganz sicher, und wir haben zeit seines Lebens kein Wort darüber verloren.

Später, als ich den steilen Berg zum Dorf wieder hinauffuhr, langsam und vor Anstrengung keuchend, kam mir in den Sinn, dass ich meine Mutter einmal gefragt hatte, im Jahr zuvor, da war ich dreizehn Jahre alt gewesen, warum Vater eigentlich bei Wind und Wetter angeln gehe, so ganz allein, obwohl er doch meist gar keinen Fisch nach Hause brachte. Sie hatte mich erstaunt angesehen und lange überlegt – dieses Zögern kannte ich nicht von ihr, sie war schlagfertig, witzig und wusste sonst auf alles eine Antwort. Schließlich, nachdem sie sich vergewissert hatte, dass Vater außer Hörweite war, antwortete sie: »Das spendet ihm eben Trost, das Angeln.«

Das verstand ich nicht. Ich wusste weder, warum mein Vater Trost nötig hatte, noch, inwiefern das Angeln ihm dabei behilflich sein konnte – und nicht Mutter oder die Freunde, die er manchmal zum Kartenspielen traf.

Gleich darauf, während ich immer noch strampelte und schwitzte, an den Hainbuchen vorbei, Schlaglöchern ausweichend, und fast schon oben im Dorf war, fiel mir ein, was Mutter irgendwann mal zu meinen Schwestern gesagt hatte, die sich bei ihr darüber beschwert hatten, dass sie Vaters Launen nicht mehr ertragen könnten, in einem Moment sei er heiter und ausgelassen, im nächsten schon zu Tode betrübt. Das sei doch nicht normal. Ich lag auf dem Sofa, als sie ihr das sagten. Mutter, die neben mir saß und genau wie ich in einem Buch las, lugte über ihre Lesebrille hinweg zu Ute und Marion und legte daraufhin einen Ton an den Tag, der unverhältnismäßig scharf war, jedenfalls für eine so friedfertige Person wie meine Mutter: Sie sollten verdammt noch mal froh sein, überhaupt einen Vater zu haben.

An all das dachte ich, während ich die letzten Meter bis zu unserem Haus fuhr, wo ich schon Mutter sah, die sich an den Rosen im Garten zu schaffen machte. Sie fragte mich, ob Vater der Kaffee geschmeckt habe, aber darauf sagte ich nichts, sondern murmelte nur etwas, das selbst ich kaum verstand, und war froh, dass sie nicht weiter darauf einging.

7

Als Katrin schon vier oder fünf Wochen nicht mehr bei mir wohnte, fiel mir auf, dass ich seit dem Tag, an dem sie gegangen war, ohne sich von mir zu verabschieden, nicht mehr an der Unstrut gewesen war. Ich hatte ihn vergessen, den Fluss, das träge fließende Wasser, die glucksenden Geräusche, das Spiel von Licht und Schatten, wenn ich unter der Pappel saß und die Sonnenflecken auf meinem Handrücken betrachtete.

Also verließ ich das Haus, ging den Berg hinunter, lief dann ein Stück an der Landstraße entlang, wo irgendwann die Schneise kam, die ich vor Wochen in das Gebüsch geschlagen hatte und die, wie ich mit Verwunderung feststellte, fast gänzlich zugewachsen war, sodass ich förmlich hineinkriechen musste, die Hände schützend vor mein Gesicht haltend, damit ich von den Brombeerstacheln halbwegs verschont blieb. Schließlich trat ich ans Ufer der Unstrut und blinzelte der Sonne entgegen, der Tag war so hell, dass es beinahe wehtat.

Ich sah das grünlich-graue Knaulgras, die Dolden des Wiesenkerbels, an deren Enden die weißen Blüten im Wind schwangen, wie Schnee, der hin- und herwogt, der Schwerkraft trotzend. Neben den Flatterbinsen, die im Schatten der Schwarzpappel kupfern blühten, setzte ich mich auf die Erde, die trocken und sonnenwarm war. Das Wasser stand niedriger als vor ein paar Wochen, und es strömte auch langsamer, wie mir schien. Ich atmete betont ruhig, sah auf den ewigen Strom vor mir und wartete. Aber nichts geschah. All das um mich herum zu betrachten, die Weinberge am Horizont, die Waldstreifen, die Felder, den Fluss, all das war schön – mehr aber auch nicht. Das Gefühl, das ich mir so heftig ersehnt hatte, blieb aus. Bald würde ich wieder aufstehen, den Berg hinauf ins Dorf gehen und vermutlich nie wieder an diesen Ort zurückkehren.

Dass ich tatsächlich geglaubt hatte, mir könnte der Fluss einen wie auch immer gearteten Trost verschaffen, war nichts weiter als kindisch und naiv gewesen. Ich war nicht wie mein Vater. Es war an der Zeit, wieder nach Hause zu gehen.

In diesem Augenblick sah ich etwas. Im knietiefen Wasser vor mir schwamm ein Aland. Seinen Kopf hielt er gegen die Strömung gerichtet, die Schwanzflosse bewegte er fast unmerklich, sodass er an Ort und Stelle blieb, als würde er bäuchlings auf dem Grund liegen. Dass es ein Aland war, erkannte ich an dem gestreckten Körper, an den großen, senffarbenen Augen, an der gräulich-blauen Verfärbung des Rückens, den mohnroten Bauchflossen und am silbernen Strahlen seiner Schuppen, die zum Bauch hin den Ton von frisch geriebenem Meerrettich annahmen. Vater hatte ab und an einen Aland als Beifang auf Karpfen erwischt und von Mutter in der Pfanne braten lassen. Sie schmeckten gut, die Alande, unerwartet fein und weich war das Fleisch, fast wie Zander, den Vater aber so gut wie nie fing.

Plötzlich, mit zwei, drei energischen Schlägen seiner Schwanzflosse, löste sich der Aland vom Grund und schwamm langsam, aber stetig flussauf, bis das kastanienbraune und trübe Wasser ihn verschluckte und er aus meinem Blickfeld verschwand. Nun bemerkte ich noch einen Aland, ein größeres Exemplar von vielleicht vierzig Zentimetern. Auch er schwamm im knietiefen Wasser an mir vorbei, stromauf, bis ich ihn nicht mehr sehen konnte. Zu diesem Zeitpunkt wusste ich noch nicht, dass die beiden Fische Teil von etwas Größerem waren, das ich bis zum heutigen Tag kein weiteres Mal habe beobachten können: Der dritte Aland schwamm an mir vorbei, dann der vierte, fünfte, sechste. Es wurden immer mehr. Erst jetzt begriff ich, dass der erste auf die anderen gewartet haben musste, dass sie in einer riesigen Gemeinschaft unterwegs waren, immer stromauf, bis sie irgendwann den passenden Flachwasserbereich gefunden hätten, dessen Grund eine ganz bestimmte Mischung aus

Sand und Kies aufweisen musste. Innerhalb kürzester Zeit würden sich ihre Schuppen golden färben, sodass sie am Ort ihrer Wahl, der jedes Jahr ein anderer war, in einer Art Hochzeitskleid ablaichen konnten.

Von diesen Laichwanderungen der Alande hatte uns Vater einmal erzählt, was – da waren sich meine Schwestern, Mutter und ich einig gewesen – wieder nur eines seiner fantastischen Fischmärchen war, mit denen er uns für seine seltsame Leidenschaft begeistern wollte. Denn dass ein so gewöhnlicher Fisch wie der Aland etwas in unseren Augen so Ungewöhnliches tat – koordiniert und aufeinander abgestimmt bis zu hundert Kilometer in einem Verband von Dutzenden Fischen zurücklegen, sich ein goldenes Hochzeitskleid überstreifen –, das konnten wir einfach nicht glauben. Genauso wenig hatten wir ihm ja die Geschichte mit dem riesigen Hecht abgenommen. Ausgelacht haben wir ihn, als er uns einmal von angeblich besoffenen Karauschen berichtete, die bei Sauerstoffmangel Milchsäure in Alkohol umwandeln könnten, um auf diese Weise – im Zustand eines Vollrauschs – ihren Energieverbrauch fast gänzlich einzustellen. Das wiederum, hatte Vater behauptet, führte dazu, dass die Karausche anders als die anderen Fische eines ausgetrockneten Tümpels einfach abwarten könne, volltrunken, im Schlick steckend, in den sie sich mit dem Maul voran hineingerammt habe, bis das Wasser irgendwann wieder stieg.

Fast über jede Fischart hatte Vater uns solche Geschichten erzählen können, über Zander, Aale, Welse, Barben, Schleien und so weiter – und alle klangen sie so absurd und ausgedacht, dass wir nicht umhinkamen, ihn auszulachen und einen elenden Lügner zu schimpfen, was er zweifelsohne war. Er nahm es ja auch sonst nicht genau mit der Wahrheit, warum also sollte das, wenn es ums Angeln ging, anders sein?

Mit einem Mal aber, während ich die Alande auf ihrer Laichwanderung beobachtete – ein paar von ihnen schimmerten tatsächlich golden, genau so, wie Vater es beschrieben hatte –, wurde mir bewusst, dass seine Fischgeschichten der Wahrheit entsprachen, dass das, was da im Verborgenen stattfand, tatsächlich bemerkenswert war, fantastisch und besonders, in jeder Hinsicht. Und so gut wie keiner von denen, die am Ufer der Unstrut wohnten, wusste davon.

Plötzlich stieg etwas in mir auf, das ich damals nicht benennen konnte. Ich ging nach Hause, suchte und fand Vaters Angelausrüstung im Keller, und kurze Zeit später stand ich wieder am Fluss, im Schatten der großen Schwarzpappel, kurzatmig und mit genau jener Nervosität, von der Vater mir so oft erzählt hatte und die ich bis zu diesem Tag nie hatte nachvollziehen können. Ich bestückte den Haken mit einem der Würmer, die ich im Kompost hinter dem Haus gefunden hatte und nun in einem Becher aufbewahrte, warf die schwere Bambusrute aus, hielt die Schnur in der Hand, während das Blei mit dem Köder sank. Spürte, wie es den Grund erreichte, die Schnur wurde kurz schlaff, um schließlich von der Strömung wieder gespannt zu werden. Dann legte ich die Rute zurück in den Ständer, der nichts weiter war als ein in den Boden gespießter, sich gabelnder Ast, setzte mich daneben, nahm einen Grashalm in den Mund und wartete.

8

An jenem Ostersamstag erzählte ich Anne, dass es in den Tagen und Wochen nach Daniels Tod nur ein Thema für Katrin gab: ihren Verdacht. Abgesehen davon redeten wir so gut wie kein Wort miteinander. Die Stille im Haus war bedrückend, und egal, wie sehr ich meine Schweigsamkeit heute bereue – damals schien sie mir angemessen.

Wovon ich Anne nicht erzählte, war die herbe Wut, die ich jedes Mal empfand, wenn Katrin wieder davon anfing, dass er noch lebe, dass sie dies einfach wisse, immerhin habe sie ihn mehr als neun Monate in sich getragen, und alles, wirklich alles, habe sich richtig und gut angefühlt. Diese Wut wusste ich anfangs noch zu bändigen. Ausnahmslos alles, wovon Katrin sprach, galt diesem Verdacht, der in meinen Augen damals nichts anderes war als der aussichtslose Versuch, sich einer schmerzhaften Realität zu verweigern. Unser Sohn war gestorben – aber nicht für Katrin.

Die Tage nach Daniels Tod glichen sich: Ich ging morgens an den Fluss und kehrte nachmittags wieder. Katrin blieb zu Hause für sich.

An einem dieser Tage, ich war gerade von einer Wanderung zurückgekommen, die mich am Ufer der Unstrut bis nach Nebra geführt hatte, traf ich sie zu meiner Überraschung im Flur auf den kalten Bodenfliesen sitzend an, gleich neben der Kommode. Ihre Haare waren zerzaust, sie wirkte abwesend, fast wie in Trance, und sie zitterte, so als würde sie frieren.

Noch bevor ich die Schuhe ausgezogen hatte, schlug mir ein nicht enden wollender Schwall Sätze entgegen. Sie sprach hastig, und wenn ich jetzt wieder daran denke, frage ich mich, warum ich nicht spätestens an diesem Tag etwas unternahm, um ihr zu helfen, und damit ja auch mir.

»Weißt du«, sagte sie, immer noch auf dem Boden sitzend, mit dem Rücken an der Wand, die Beine angewinkelt, die Arme um die Knie gelegt, »die Narkose hat doch plötzlich nicht mehr gewirkt, ja? So eine starke, kräftige und gesunde Stimme! Mein Gott! Richtig laut war der! Und findest du es nicht auch merkwürdig, dass wir ihn kein einziges Mal sehen durften, hm? Kein einziges Mal! Es gibt nicht mal einen Totenschein! Es gibt doch immer eine Geburtsurkunde, ja? Dann die Sterbeurkunde, ja? Und der Totenschein? Ja, wo ist der denn, hm?«

Ihr Kopf lief rot an, ihre Augen füllten sich mit Tränen, und nun verdächtigte sie alle, die auf irgendeine Art und Weise an der Geburt beteiligt gewesen waren: die Hebamme, die Ärzte, vier an der Zahl, die Krankenschwestern, eine Reinigungskraft und so weiter.

Ich hatte genug gehört, setzte mich in die Küche und wusste nicht, was ich jetzt machen sollte.

Solange Katrin nicht damit aufhörte, konnte Daniel nicht tot sein. Und solange dies der Fall war, würden wir nicht zur Ruhe kommen. So einfach war das. Ohne dass ich etwas dagegen ausrichten konnte, spürte ich das Aufwallen blanker Wut in mir. Ich hatte noch nie zuvor einen Menschen gehasst. Aber in diesem Augenblick verabscheute ich Katrin, als wäre sie selbst für den Tod unseres Kindes verantwortlich – eben weil sie ihn nicht wahrhaben wollte. Ich stand auf, atmete tief ein, atmete tief aus und ging zu ihr. Ich blickte auf sie herab, sie machte einen jämmerlichen Eindruck. Innerhalb der wenigen Augenblicke, die ich in der Küche gesessen hatte, schien sie um Jahre gealtert zu sein. Sie brachte es nicht fertig, meinen Blick zu erwidern, während ich sie anschrie, denn genau das war, was ich nun tat – und daran zu denken, auch wenn inzwischen mehr als vierzig Jahre vergangen sind, schmerzt. Eine Woche später lebte ich schon allein in diesem Haus.

Ich schrie, so laut und inbrünstig, wie ich es wohl noch nie zuvor getan hatte: dass sie sich lächerlich mache, dass sie verrückt geworden sei, dass niemand ihr glaube, ihre Eltern nicht, meine Schwestern nicht, ich nicht. Niemand! Dass sie peinlich sei, dass ich mich ihretwegen schäme. Dass sie uns alle endlich in Ruhe lassen solle.

Katrin schien immer kleiner zu werden, aber sie tat mir nicht leid in diesem Moment, im Gegenteil.

Dann kniete ich mich vor ihr hin, nahm ihr Gesicht in meine Hände, das warm und feucht war, Schweiß und Tränen, ich erdrückte es fast, was sie mit leerem Blick und geröteten Augen über sich ergehen ließ.

»Lass Daniel in Ruhe! Hörst du? Du lässt ihn jetzt in Ruhe!«, sagte ich in strengem und beschwörendem Ton. Dann begann ich sie anzuflehen, »bitte, bitte, bitte, bitte«, so als müsste sie es nur oft genug hören, um endlich nachzugeben.

Plötzlich sah sie mich an, und mir schien, sie versuchte zu lächeln unter dem Druck meiner Hände.

»Daniel ist nicht tot«, sagte sie mit gepresster und atemloser Stimme. Ich hatte ihr Gesicht mit meinen Händen zu einer Grimasse entstellt. Ein paar Sekunden rührten wir uns nicht. Dann packte ich sie an den Schultern, immer noch vor ihr kniend, und fing an, sie heftig zu schütteln, so wie ein Vater, der den Kopf verliert, weil er sein Neugeborenes auch nach Stunden nicht beruhigen kann und glaubt, das Schreien und Weinen einfach nicht länger ertragen zu können – nur um es dann ein Leben lang zu bereuen.

Es ist nie leicht, über eigene Verfehlungen zu sprechen, noch schwieriger wird es, wenn sie verheerende Konsequenzen nach sich ziehen – der Grat zwischen Selbsthass und Selbstmitleid ist sehr schmal, das kann ich aus Erfahrung sagen.

Die eine Woche, die sie noch in diesem Haus wohnen sollte, verbrachten wir in jenem Zustand seltsamer Kühle und Distanziertheit, der unser Zusammenleben seit dem Tod Daniels ausmachte. Ich ging weiterhin Tag für Tag an den Fluss, wanderte mal stromauf, mal stromab, im Versuch, meine Gedanken zu zügeln, während Katrin zumeist im Bett lag, still und in sich gekehrt.

Inzwischen waren Anne und ich beim dritten Glas Wein angekommen. Wir hatten auf das Abendessen verzichtet, und nun, weil es schon dämmerte, zogen wir uns an.

Während wir auf dem Feldweg in Richtung der Bank liefen, erzählte ich Anne, dass ich mit dem Gedanken gespielt hatte, das Haus zu verkaufen, unmittelbar nach Katrins Auszug. Ich wollte mir damals eine kleine Wohnung in Naumburg suchen, wo auch die Schule war, in der ich nach den Sommerferien anfangen würde zu unterrichten und in der ich bis zu meiner Pensionierung geblieben bin. Aber ich brachte es einfach nicht übers Herz, den Ort zu verlassen, an dem die Menschen begraben sind, die mir am meisten bedeuten.

Wir stiegen über den Stamm einer jungen Esche, die einem der letzten Winterstürme nicht standgehalten hatte. Ich erzählte Anne, dass ich Katrin, kurz bevor sie 1987 an Krebs starb, ein letztes Mal gesehen hatte. Neun Jahre hatten wir kein Wort miteinander gewechselt – bis ich eines Tages einen Brief von ihr im Briefkasten fand. Er bestand nur aus ein paar Sätzen und einem Datum, an dem ich sie besuchen sollte.

Also fuhr ich an einem heißen Sommertag zu ihr nach Erfurt, wo sie in einem der großen Plattenbauten am Gagarin-Ring lebte. Sie hatte mich in dem Brief um einen Spaziergang gebeten, ich solle auf der Bank vor ihrem Haus auf sie warten, und das tat ich auch.

Eine halbe Stunde nach der vereinbarten Zeit stand sie vor mir. Wir sahen uns an und schwiegen.

»Na los«, sagte sie schließlich und klang beinahe vergnügt dabei, »gehen wir.« Sie tat so, als würde sie schlecht sehen, sie fixierte mich mit zusammengekniffenen Augen, legte ihren Kopf schief und sagte fast lachend: »Eigentlich spaziere ich ja nicht einfach so mit wildfremden Männern herum.«

Jeder Schritt, so schien mir, kostete sie viel Kraft, und wir kamen nur langsam voran. Ich betrachtete ihr knielanges, kurzärmeliges Kleid und sah zwei akkurate Liegefalten – sie musste es gerade erst gekauft haben. Katrin hatte ein Parfum aufgetragen, und noch heute, wenn ich Aprikose rieche, kommt mir manchmal dieser Nachmittag in Erfurt in den Sinn. Sie war geschminkt, nicht so dezent, wie ich es von ihr gewohnt war – auf den ersten Blick hätte man glauben können, sie wäre unterwegs zu einer Feier und würde nur kurz mit mir plaudern, um dann leichtfüßig ihren Weg fortzusetzen.

Katrin war blass, dass sie abgenommen hatte, verrieten die Konturen ihres Gesichts, die längst nicht mehr so weich waren, wie ich sie in Erinnerung hatte. Das Kopftuch, das sie trug, ließ ihren Kopf seltsam klein wirken.

Nach ein paar Minuten bat sie darum, wieder umzukehren. Ihr sei übel, sagte sie, so langsam müsse sie nach oben. Aber zuvor wolle sie mir noch etwas mitteilen. Wir setzten uns auf die Bank vor ihrem Haus.

»Ich möchte«, sagte sie, und der Ton ihrer Stimme war nun weit davon entfernt, vergnügt zu klingen, »ich möchte, dass du die Augen offen hältst, hörst du?«

Sie sah an mir vorbei, als sie das sagte, ihr Blick verlor sich irgendwo zwischen der Fassade ihres Hauses und dem wolkenverhangenen Himmel.

»Wenn sich eines Tages«, sagte sie, »irgendeine Möglichkeit ergibt, du weißt schon … dann möchte ich, dass du sie verdammt noch mal nutzt. Mach den Mund auf, wenn der richtige Zeitpunkt gekommen ist, ja?«

Die Nacht war schon hereingebrochen, und nun beobachteten wir einen leuchtenden Punkt in der Ferne. Sie trugen eine Fackel an das aufgetürmte Holz heran, und innerhalb eines Augenblicks loderten die Flammen des Osterfeuers meterhoch. Wir waren am Tag zuvor dorthin gegangen, Anne und ich, um zu begutachten, was verbrannt werden sollte: alte Tische, Tannenzweige, Stühle, Sträucher, Kleinholz.

Während wir das Feuer sahen und hörten, wie sie jubelten und riefen, erzählte ich Anne, dass ich 1989 in der Zeitung gelesen hatte, dass es von jetzt an gestattet sei, seine Krankenhausakten zu beantragen.

Dieser kleine Text hatte so wenig Platz beansprucht, dass ich ihn fast übersehen hätte. Eine Randnotiz, buchstäblich. Ich hatte sie ein zweites und auch drittes Mal gelesen, und währenddessen kam mir in den Sinn, was Katrin mir gesagt hatte, damals in Erfurt. Also war ich losgefahren.

Warum? Diese Frage wurde mir oft an diesem Tag gestellt. Immer wieder zeigte ich den Zeitungsartikel vor und bat in einem höflichen, fast schon unterwürfigen Ton darum, von meinem Recht auf Akteneinsicht Gebrauch machen zu können. Ich wolle mir das einfach mal ansehen, sagte ich, und das stimmte ja auch. Schließlich bat man mich zu warten, und das tat ich, so lange, bis ein Arzt vor mir stand, der sagte, dass es ihm unmöglich sei, die Dokumente meiner Frau und die meines Sohnes herauszugeben. Er habe weder das Recht, mir diese beiden Ordner auszuhändigen, noch dürfe ich sie einfordern.

Was irgendjemand in irgendeiner Zeitung behaupte, gehe ihn nichts an.

Anne holte zwei Decken aus ihrem Rucksack. Sie hatte Tee gekocht, den sie in den Becher der Thermoskanne goss. So saßen wir nebeneinander, still für einen Augenblick, atmeten die kühle Luft dieser Aprilnacht, und ich bildete mir ein, das Knacken des Holzes hören zu können, auch wenn wir dazu wohl zu weit weg waren. In Naumburg zündeten sie nun ein Feuerwerk an, und wir sahen die lichten Raketenbahnen in den schwarzen Himmel steigen.

Ich sagte Anne, dass ich im Sommer 1990 noch einmal in das Krankenhaus gefahren sei. Dass man mir gesagt habe, dass ich als Laie die ärztlichen Berichte über Katrin und die Geburt einerseits nicht verstehen würde und dass es andererseits, weil Daniel nur ein paar Stunden gelebt habe, keine Unterlagen ihn betreffend gebe.

Dass das eine Lüge war, wusste ich, der Arzt hatte ja von Daniels Ordner gesprochen – es gab ihn also. Ich erinnere mich noch gut, wie laut ich in diesem Moment geworden bin, als ich verlangte, einen der Oberärzte zu sprechen, und wie peinlich berührt das Krankenhauspersonal wirkte. Sie sahen mich an, als hätten sie es mit einem Verrückten zu tun.

Wenn ich heute an das kurze Gespräch mit dem Oberarzt denke, das man mir schließlich gestattete zu führen, dann war dies wohl der Moment, in dem ich das erste Mal genau jenen schrillen, aufgedrehten Ton bei mir wahrnahm, der auch Katrins Stimme zu eigen war, wenn sie über Daniel und ihren Verdacht sprach.

Bis heute frage ich mich, warum ich damals, als es kaum noch zu leugnen war, dass etwas ganz offensichtlich nicht stimmte, keine weiteren Anstrengungen unternommen habe. Denke ich darüber nach, fühle ich mich schuldig, und ich wünschte mir, ich könnte die Zeit zurückdrehen und etwas unternehmen, anstatt mich einfach wegzuducken, denn das war, was ich damals tat. Ich wundere mich immerzu aufs Neue, dass die Vergeblichkeit dieses Wunsches, die so offensichtlich ist, mich nicht davon abhält, ihn doch zu äußern, als Teil der stummen Selbstgespräche, die ich dann und wann führe.

9

Jener Abend 2007, an dem ich Anne alles erzählte, was ich preiszugeben bereit war, markierte den Beginn einer Reihe von Ereignissen, denen mit Logik und Verstand nicht beizukommen war.

Am Tag nach dem Osterfeuer ging ich mit Anne spazieren. Die Luft war schneidend kalt, es hatte noch einmal Nachtfrost gegeben, und wir liefen einen der vielen abschüssigen Feldwege entlang.

Als sie das dritte oder vierte Mal sagte, dass wir doch etwas unternehmen müssten, dass ich noch einmal ins Kreiskrankenhaus nach Naumburg fahren müsse, so viel Zeit sei doch inzwischen vergangen, da bat ich sie darum, nicht mehr davon zu sprechen.

Ein paar Tage darauf fing sie wieder damit an. Und wieder gab ich ihr zu verstehen, dass sie aufhören solle, weil es nichts nützen würde, merkte aber selbst, wie seltsam tonlos und zögerlich ich dies gesagt hatte, fast so, als meinte ich das Gegenteil, was Anne, wie sie mir erst kürzlich erzählte, damals nicht entging. Und so kam es, dass sie mich schließlich noch einmal darauf ansprach – und keine Stunde später stand ich in einem von Neonröhren hell erleuchteten, nach einer Mischung aus Moschus und Scheuermittel riechenden Zimmer der Naumburger Gynäkologie und füllte ein Formular aus. Zu meiner Überraschung behandelte mich die Krankenschwester, der ich mein Anliegen vorgetragen hatte, nicht geringschätzig, im Gegenteil – sie war freundlich und aufgeschlossen, und an meinem Wunsch, Katrins und Daniels Patientenakten einzusehen, nahm sie keinerlei Anstoß. Ich müsse ein paar Tage warten, dann könne ich sie lesen und mir Kopien machen.

Zwei oder drei Stunden später bekam ich zu Hause einen Anruf. Ich war gerade dabei, meinen Rucksack zu packen, weil ich an den Fluss wollte, zu der vielversprechenden Stelle, die ich erst kürzlich entdeckt hatte, nicht weit von Laucha entfernt. Mit meinem Lotblei hatte ich herausgefunden, dass in einer der Außenkurven ein Bereich von vielleicht fünf Quadratmetern besonders tief ausgespült war. Dort wollte ich es auf Karpfen versuchen.

Ich nahm den Hörer ab und erkannte sie sofort, noch bevor sie ihren Namen gesagt hatte, weil sie die Angewohnheit besaß, eine Spur zu hoch zu sprechen, in einem sagenhaft schnellen Tempo. Es war die Krankenschwester.

Sie sagte: »Setzen Sie sich mal hin«, und das machte ich auch. »Ihr Sohn ist kurz nach der Geburt gestorben, ja?«

»Ja«, sagte ich zögerlich, fragend.

Ich gab Anne zu verstehen, dass sie sich neben mich setzen sollte. Sie hielt ihr Ohr dicht an den Hörer, sodass unsere Köpfe sich fast berührten.

»Also von Ihrer Frau gibt es … warten Sie mal …«, ich hörte, dass sie blätterte, »da gibt es dreiundfünfzig Seiten in der Akte, und zu Ihrem Sohn …«, wieder blätterte sie, und die Sekunden dehnten sich, alles, wie ich fand, dauerte quälend lange, »jetzt hab ich's! Achtundzwanzig Seiten!«

»Achtundzwanzig«, sagte ich so leise, dass ich es selbst kaum verstand. Mein Kopf wurde plötzlich schwer. Anne legte ihre Hand auf meine Schulter, auch sie war schwer. Alles schien ungeheuer viel Gewicht zu haben in diesem Augenblick: mein Pullover, meine Brille, die silberne Uhr an meinem Handgelenk. Was konnte man schreiben über ein Kind, das nur wenige Stunden gelebt hatte? Vermutlich hatte Anne denselben Gedanken, ich sah es an ihrem Blick, der ungläubig war, an ihrem Mund, der mich stumm fragte: »Was?«

»Aber da stimmt noch etwas nicht.« Jetzt sprach die Krankenschwester langsam, jedenfalls für ihre Verhältnisse, und ihre Stimme schraubte sich auch nicht mehr so in die Höhe. Ich dachte plötzlich an Katrin, daran, dass sie vielleicht doch recht gehabt hatte mit ihrem Verdacht.

Sie sagte: »Da ist fast alles geschwärzt. Von vorne bis hinten, überall. Bei Ihrer Frau und bei Ihrem Sohn.«

Ich sagte nichts. Anne nahm ihre Hand von meiner Schulter und verließ die Küche. Sie wusste, dass ich in diesem Moment allein sein musste. Ein Auto fuhr an unserem Haus vorbei, langsam, fast in Schrittgeschwindigkeit, und dennoch glaubte ich ein Dröhnen wahrzunehmen, so laut, als würden wir direkt an einer Autobahn wohnen.

»Sind Sie noch dran?«, fragte sie.

»Ja«, sagte ich. Dann legte ich auf.

Denke ich heute an die Fahrt nach Naumburg, an die halsbrecherische Geschwindigkeit, mit der ich alles überholte, was vor mir war, Traktoren, LKW, wird mir immer noch schwindelig. Diese Akten wurden seit knapp dreißig Jahren im Archiv des Krankenhauses aufbewahrt, und auf die paar Minuten, die ich einsparen könnte, nur weil ich mit Vollgas auf einer engen und kurvigen Straße fuhr, würde es nicht ankommen – das wusste ich. Trotzdem war ich ganz besessen von dem Gedanken, so schnell wie möglich diese Dokumente in den Händen zu halten. Dass ich nicht an einem der Apfelbäume endete, die die Straße flankierten, war nichts als ein Wunder.

Damals glaubte ich noch fest daran, dass ich die geschwärzten Passagen auf irgendeine Art und Weise würde lesen können, vielleicht müsste ich das Papier nur gegen helles Licht halten, in einem ganz bestimmten Winkel, vielleicht, so dachte ich, müsste ich einfach nur willens genug sein – was ich war, das stand fest –, damit die schwarzen Blöcke verblassten und preisgaben, was sich hinter ihnen verbarg.

Die Akten waren erst der Beginn einer Vielzahl von widersprüchlichen Ereignissen. Sie waren wie der erste Regentropfen, der auf meiner Stirn landet, während ich am Fluss sitze und feststelle, dass die Wolke, die gerade noch so harmlos wirkte, auf einmal dunkel ist und wie angeschwollen, und schon folgt der zweite Tropfen, dick und schwer, dann der dritte, der vierte … und noch bevor ich meine Angelausrüstung in den Taschen verstaut habe, um eilig nach Hause zu radeln, bin ich nass bis auf die Unterhose.

Anne ermutigte mich damals, 2007 war das, all die Ereignisse jener Wochen und Monate festzuhalten, um irgendwann, wenn der Tag gekommen sei, wie sie es ausdrückte, alles griffbereit zu haben – so als hätte sie gewusst, dass ich am Ende alles aufschreiben würde, was mich, Katrin und mein Kind betrifft.

Mit den Kopien der Akten fuhren wir schließlich zu Annes Gynäkologin nach Freyburg. Wir saßen inmitten von jungen Frauen, die Zeitschriften lasen und immer wieder verstohlen zu uns blickten. Vermutlich glaubten sie, wir würden trotz unseres Alters ein Kind erwarten – was, wenn ich heute darüber nachdenke, in gewisser Weise ja auch der Fall war.

Die Frauenärztin las die Akten. Nichts an ihrer Miene verriet, ob sie unsere Bedenken teilte, sie blätterte vor und zurück und machte Notizen. Sie schien vergessen zu haben, dass wir vor ihr saßen, und murmelte etwas, das ich nicht verstand. Irgendwann sah sie uns an und schüttelte resolut den Kopf.

»Da stimmt doch was vorne und hinten nicht«, sagte sie, »hier, schauen Sie sich das doch mal an.« Sie schob uns eine der Seiten entgegen. »Hier steht, er hat keine Lebenszeichen von sich gegeben …«, dann blätterte sie ein paar Seiten weiter, tippte mit ihrem Finger auf eine Tabelle, die mit *Apgar* überschrieben war und aus Zahlen bestand, die wir nicht hatten deuten können.

»Die sind gut«, sagte sie, immer noch kopfschüttelnd, »die Werte sind gut! Also nicht sehr gut, aber gut, und genau darauf kommt es an. Das Herz schlägt, wie es soll. Der Muskeltonus ist okay. Die Haut rosig – genau so soll ein Neugeborenes sein. Verstehen Sie, was das bedeutet?«

Ich sah Anne an. Sie rührte sich nicht.

»Nein«, sagte ich.

»Dass ein Kind mit diesen Werten plötzlich gestorben sein soll«, sagte die Ärztin, »das glaube ich einfach nicht.«

10

Erst einmal in meinem Leben habe ich eine Barbe zu Gesicht bekommen. Ich sah sie unweit von Burgscheidungen, dort, wo das fast graue Wasser des Mühlgrabens in die Unstrut fließt und sofort diesen braunen, erdigen Ton annimmt. Ich hatte schon eine Weile am Ufer gestanden im Versuch, einen Hecht zu fangen, als ich schließlich einen bronzefarbenen Fleck vor mir im Wasser entdeckte, der sich langsam stromauf bewegte. Eine große Barbe stieß mit ihrem Maul in den Boden, sie war auf der Suche nach etwas Fressbarem. Kaum dass ich sie entdeckt hatte, erstarrte ich, in der Hoffnung, sie würde mich nicht bemerken und ich könnte sie noch eine Weile beobachten.

Es gibt Fische, die sich dem menschlichen Auge nur allzu gern zeigen: Plötzen, Rotfedern, Barsche, mitunter sogar Hechte. Sobald die Temperaturen im Frühjahr steigen, suchen sie die Flachwasserzonen auf, und selbst der flüchtigste Blick eines Spaziergängers findet sie mühelos.

Die Barbe hingegen kennzeichnet ein über die Maßen scheues Wesen. Sie hält sich ein Leben lang versteckt, für gewöhnlich an den tiefsten Stellen. Ihr Körper ist wie gemacht für ein Dasein in praller Strömung auf dem Grund des Flussbetts: lang gestreckt und seitlich abgeflacht, der Kopf zu einem spitz zulaufenden Keil geformt. Während andere Fische mit der nie nachlassenden Kraft der Strömung kämpfen, muss sie für eine Barbe, stromlinienförmig wie sie ist, einer Umarmung gleichen.

Die Barbe, die ich sah, war sicher siebzig Zentimeter groß. Ihre Schwanzflosse ragte fast aus dem Wasser, während sie ihr weit geöffnetes Maul immer wieder in den Schlamm stieß und dabei Sedimentwolken aufwirbelte, die von der Strömung fortgetragen wurden.

Während ich dies beobachtete, atmete ich flach und rührte mich nicht. Die kleinste Bewegung würde sie verscheuchen. Ich wusste, dass ich so etwas kein zweites Mal erleben würde, also wollte ich diesen Moment so lange wie möglich hinauszögern. Aber kaum dass ich dies gedacht hatte, schoss die Barbe mit einem einzigen Flossenschlag zurück in die Tiefe.

Seit diesem Tag vor zwanzig Jahren habe ich keine Barbe mehr gesehen, obwohl sie da sind, wie ich weiß, in großer Zahl – aber im Gegensatz zu den allermeisten Fischen bleibt die Barbe im Verborgenen. Wüsste man es nicht besser, man könnte leicht glauben, dass es sie gar nicht gibt.

Daran hatte ich denken müssen, während ich damals, im Mai 2007, ein paar Wochen nachdem ich die geschwärzten Akten von Daniel und Katrin bekommen hatte, in Freyburg auf der Unstrut-Brücke stand und auf das Wasser blickte. Ich war eben erst aus dem Jugendamt in Erfurt zurückgekehrt. Mein Verdacht und all die Zusammenhänge, die ich sah, seien schlicht herbeifantasiert, das war, was mir ein Mitarbeiter des Jugendamts zu sagen hatte. Zwangsadoption, natürlich, das habe es gegeben – aber einen vorgetäuschten Kindstod? Unter Franco, in Spanien, sicher, aber in der DDR? Dazu reiche seine Fantasie beim besten Willen nicht, das müsse er mir mit aller Entschiedenheit so mitteilen.

In den Tagen zuvor war ich in Jugendämtern in Jena, Naumburg und Halle gewesen. Egal, mit wem ich gesprochen hatte, niemand war auch nur ansatzweise auf den Gedanken gekommen, meinen Verdacht ernst zu nehmen. Was ich zu erzählen hatte, war nichts, was man für wahr halten konnte.

Ich hatte nicht sofort zurück zu Anne fahren wollen an diesem Tag. Deshalb stand ich auf dieser Brücke. Ich lehnte am Geländer und sah das große Wehr, das schäumende Wasser, die Burgmühle, den schroff ansteigenden Weinberg, der übersät war mit Reben, dahinter die Bäume, Eschen und Buchen, dicht an dicht, die dann, auf fast zweihundert Höhenmetern, Platz machten für den grau-gelblich leuchtenden Muschelkalk der Burgmauer.

Schließlich setzte ich mich in meinen Wagen und fuhr nach Hause. Ich nahm einen Umweg, so wie ich es manchmal mache, wenn ich keine Eile habe. Ich fahre dann einen großen Bogen über Laucha. Inzwischen weiß ich, warum ich diesen Umweg so gerne in Kauf nehme, auch wenn er sicher zehn Kilometer länger ist: Einen beträchtlichen Teil der Strecke fließt die Unstrut zu meiner Rechten. Sooft es geht, wende ich meinen Blick ab und sehe auf den Fluss. Andere haben vielleicht eine Schwäche für Architektur, und es soll Menschen geben, die ganze Tagesreisen in Kauf nehmen, um ihre Lieblingsband zu sehen. Mich zieht das Wasser an. Das ist ein Tick, dessen bin ich mir bewusst. Als Anne einmal neben mir saß, während ich diesen Umweg fuhr, fragte sie mich, warum um Himmels Willen ich das tat. Aber darauf sagte ich nichts.

Als ich an jenem Tag vor dem Bahnübergang stand und wartete, sah ich das Glitzern des Unstrut-Wassers zwischen den Sträuchern und Bäumen. Der Fluss ist hier keine fünfzig Meter von der Straße entfernt.

Man müsste nachschauen können. Daran dachte ich, während ich darauf wartete, dass der Zug kam, und dabei immerzu auf den Fluss blickte. Erst glaubte ich, dabei die scheuen Barben im Sinn zu haben. Aber dem war nicht so. Ein Güterzug fuhr ratternd vorbei, die Schranke öffnete sich, und ich startete den Motor.

Man müsste nachschauen können.

11

Ich hatte damals nicht an die scheuen Barben gedacht, sondern einzig und allein an meinen Sohn. Ich wollte Klarheit – und die gab es nur, wenn jemand seinen Leichnam freilegen würde, um anschließend einen DNA-Test durchzuführen. Also hatte ich eine Rechtsmedizinerin aus Jena kontaktiert, und während ich ihr am Telefon erzählte, was es zu erzählen gab, nahm ich einen defensiven und zurückhaltenden Ton in meiner Stimme wahr. Ich rechnete damit, dass sie mich nicht ernst nehmen würde. Bisher hatte niemand mir Glauben geschenkt, warum sollte es nun anders sein? Ich konnte sie schon spüren, die nahende Ablehnung, das Misstrauen, mich und meine Geschichte betreffend. Die Angst vor einer erneuten Zurückweisung war der Schweiß, der mir nun über das Gesicht lief, sie war die Schwere auf meinen Schultern, so als würde ich jemanden tragen müssen in diesem Moment. Als ich zu einem Ende gekommen war, sagte ich, noch bevor sie antworten konnte: »Am Geld soll es nicht scheitern.«

Darauf sagte sie nichts.

»Sind Sie noch dran?«, fragte ich.

Ich hörte sie seufzen, und es dauerte ein paar Sekunden, bis sie schließlich antwortete.

»Ja«, sagte sie, und ich glaubte zu wissen, dass sie in Betracht zog, einfach aufzulegen, dass ich mit diesem abstrusen Verdacht für sie nicht viel mehr war als eine lästige Fliege, die es zu verscheuchen galt.

Bis heute begleitet mich dieses Misstrauen, die Angst davor, jemand könne mir nicht glauben, und die permanente Vermutung, jemand wolle mir, warum auch immer, eine Lüge auftischen – auch wenn es, wie ich weiß, nicht den geringsten Anlass dazu gibt.

Aber die Professorin glaubte mir.

»Gott«, sagte sie. Sie rief es förmlich in den Telefonhörer, nachdem ich ihr erzählt hatte, warum ich diese Exhumierung wollte. Wie oft, dachte ich in diesem Augenblick, hatte ich schon derlei Telefonate geführt, wie oft hatte ich einer Stimme, ob freundlich oder abweisend, erklärt, was geschehen war, oder: wovon ich ausging, dass es geschehen war. Wie oft hatte ich Daniel und den Verdacht auf ein paar Sätze zusammenfassen, verkürzen müssen.

»Mein Gott!«, sagte sie noch einmal. »Das ist schrecklich.«

Erst vor ein paar Wochen habe sie eine Dokumentation über verschwundene Kinder in der DDR gesehen.

»Und jetzt Sie.«

Sie habe selbst eine Tochter, sagte die Rechtsmedizinerin, nicht auszumalen, wenn … Dann brach sie ab.

Ein paar Tage später rief sie mich an. In drei Wochen, sagte sie, würden wir die Exhumierung durchführen können.

Manchmal, wenn Anne und ich nicht wissen, womit wir unsere Abende verbringen sollen, holen wir eines der großen Puzzles aus dem Schrank. Erst habe ich sie belächelt, dann aber, als sie Abend für Abend puzzelnd am Wohnzimmertisch saß und ihr einfach nicht langweilig zu werden schien, habe ich mich zu ihr gesetzt. Seitdem puzzeln wir zusammen, in der Regel Achttausender. Damit sind wir zumeist ein paar Wochen lang beschäftigt – und obwohl die Suche nach den richtigen Puzzlestücken mühsam sein kann, obwohl man zwischendurch versucht ist, einfach aufzugeben, haben wir es doch jedes Mal geschafft.

Die Suche nach Daniel mit einem Puzzle zu vergleichen, das scheint mir nicht angemessen zu sein. Denn mit einem Spiel hatte sie wenig zu tun. Es gab nicht dieses eine Bild, an dem ich mich orientieren konnte, und es gab nie die Sicherheit, das Richtige zu tun. In einem Belang jedoch glich die Suche tatsächlich einem Puzzlespiel – je weiter ich vorankam, desto mehr Kraft löste sich in mir, ich wollte die Sache zu einem Ende bringen. Dass mir das nun tatsächlich gelingen würde, daran dachte ich, als ich mit der Rechtsmedizinerin sprach, als sie sagte, dass es ihr eine Herzensangelegenheit sei, als ich mir sicher war, dass ich dieses Mal jemanden gefunden hatte, der mir glaubte.

Ich erinnere mich gut an die drei Wochen, die ich bis zur Exhumierung warten musste. Ich begann zu laufen. Im Trab den Pfad entlang, über Steine springend, an den Silberweiden und den wuchernden Brombeerbüschen vorbei, durch die Felder Richtung Bank, hinunter zu der Schafweide, entlang der Apfel- und Quittenbäume, vorbei an einer Pferdekoppel, und dann, nach einer kurzen Pause, die ich schwer atmend, die Hände auf die Knie gestützt, im Schatten einer Schlehe verbrachte, denselben Weg wieder zurück. Laufen, kilometerlang – ich habe es nie zuvor getan und auch danach nicht mehr. Aber mit jedem Schritt, den ich damals lief – und ich lief täglich, manchmal sogar morgens und abends –, kam ich der Wahrheit näher, jedenfalls glaubte ich das.

An jenem Tag, an dem die Exhumierung stattfinden sollte, klingelte das Telefon. Es tue ihr leid, sagte die Rechtsmedizinerin, aber es gehe einfach nicht. Sie habe sich noch einmal ausführlich mit ein paar Kollegen beraten, so etwas wie mit mir, sagte sie, erlebe man ja auch nicht alle Tage, und nachdem sie sich nun meine Unterlagen erneut angesehen habe, sei sie zu dem Schluss gekommen, dass eine Exhumierung keine gute Idee sei.

»Sie ziehen Verbindungen, die nicht existieren. Sie sehen Dinge, die es nicht gibt«, sagte sie. Es sei ihre Aufgabe, dies so klar zu benennen, auch wenn es ihr leidtue. Sie wolle mir aber einen guten Psychologen empfehlen, in Jena, ob ich Stift und Zettel parat hätte?

12

Jedes Jahr um Pfingsten herum beginnt am Oberlauf der Unstrut die Maifliegenzeit. Dass die Ufer des Flusses währenddessen nicht massenhaft von Schaulustigen bevölkert werden, ist mir ein Rätsel: Hunderte, vermutlich sogar Tausende Maifliegen schwirren über der Wasseroberfläche durch die Luft. Was wie ein wilder Tanz aussieht, ein permanentes Auf und Ab dieser zwei Zentimeter langen Insektenkörper, ist der krönende Abschluss eines Lebens, das zum allergrößten Teil im Verborgenen stattfindet. Bevor sich die Maifliegen zur Paarung in die Luft begeben, haben sie als Larve ein oder zwei Jahre lang im Sediment der Unstrut ausgeharrt, haben wie Fische mit Kiemen geatmet, haben sich von Schwebstoffen und zerfallenem organischem Material ernährt, sind Millimeter für Millimeter gewachsen. Allein dem Umstand, dass sie nicht *auf*, sondern *im* Grund leben, verdanken sie es, während ihrer Wartezeit nicht reihenweise in den Mäulern der Fische zu landen. Irgendwann ist der Tag gekommen, ein Ruck geht durch die Larven, sie graben sich nach oben, verlassen ihren geschützten Ort und nähern sich langsam, aber stetig, mit unbeholfen wirkenden, schlängelnden Bewegungen dem Licht. Die Verwandlung dieser durchsichtigen, leicht gelblich schimmernden Larven vollzieht sich an der Wasseroberfläche. Innerhalb weniger Augenblicke bricht die Larvenhaut auf, und zum Vorschein kommt ein schlankes Insekt, mit winzigen, schwarzen Flecken auf den Flügeln und drei haardünnen Schwanzfäden, die dem Männchen später helfen werden, das auserwählte Weibchen während der Begattung zu umklammern. Die Maifliegen wollen am liebsten sofort in die Luft steigen und tanzen. Aber das geht nicht – denn noch sind ihre Körper nicht ausgehärtet, noch sind die Flügel nicht steif. Dieser Moment, in dem die Fliegen aushärten und immerzu erfolglos versuchen, sich in die Luft emporzuheben, ist jener, in dem die Bachforellen zuschlagen. Sie schießen pfeilschnell durchs Wasser, öffnen ihre Mäuler und fressen so viel, dass manche Forelle, die ich während der Maifliegenzeit fing, tatsächlich einen dicken, fast schon kugelrunden Bauch hatte.

Keine andere Zeit im Jahr eines Anglers ist mit der zu vergleichen, in der die Maifliegen tanzen. Die Fische sind nun gierig und unvorsichtig.

Alles, was ich für diese Art des Angelns brauche, ist meine alte, zweieinhalb Meter lange Fliegenrute aus Bambus. Am Schnurende befestige ich eine der Trockenfliegen, die ich an Regentagen in meinem Keller binde. Sie gleichen in Form und Farbe einer Maifliege, dabei sind sie nicht viel mehr als ein kleiner Haken, an dessen Schenkel ich gelben Moosgummi fixiere, um dann behutsam die Grannen einer Feder darumzubinden.

Der Tanz der Maifliegen läutet das Ende ihres Lebens ein. Sie sind dazu vorbestimmt, kurz nachdem sie sich in die Luft erhoben haben, zu sterben. Im Gegensatz zu den Larven, die fressen und verdauen können, nehmen Maifliegen keinerlei Nahrung zu sich. Ihr Darm ist mit Luft gefüllt, damit sie nicht untergehen, falls sie doch einmal unfreiwillig auf dem Wasser landen sollten, was ab und an vorkommt, ich habe es mit eigenen Augen gesehen.

Von allen Insekten ist die Maifliege das einzige, das sich ein zweites Mal häutet. Erst wenn dies geschehen ist, kann der Paarungstanz beginnen, die Männchen stürzen sich auf die Weibchen, klammern sich an ihnen fest und dringen in sie ein. Dieses Ritual dauert nur wenige Sekunden. Sofort danach sterben die Männchen, taumeln auf das Wasser, werden mit der Strömung davongetragen und der Reihe nach von den gierig zuschnappenden Fischen gefressen. Die Weibchen hingegen leben länger. Ihre Aufgabe ist es nun, die befruchteten Eier ins Wasser fallen zu lassen. Das machen sie auch, immer wieder, um schließlich vor Erschöpfung zu sterben. Die Eier, so klein, dass man sie mit bloßem Auge nicht erkennen kann, sinken auf den Grund, kurze Zeit später schlüpfen die Larven, verschwinden im Sediment und harren aus, bis ihr Tag gekommen ist.

Seit jeher faszinieren mich diese Fliegen. Sie bevölkern mindestens ein Jahr lang den Grund unserer Flüsse und Bäche in so hoher Zahl, dass man es sich kaum vorstellen kann. Aber nur, weil sich etwas dem Blick so konsequent entzieht, heißt das nicht, dass es nicht existiert.

13

Vor ziemlich genau einem Jahr, als Anne mir den Zettel mit Daniels Nummer gab, rief ich nicht sofort zurück. Stattdessen ging ich die Treppen nach oben, hielt den Zettel mit seiner Nummer ganz fest in meiner Hand. Ich setzte mich an den Schreibtisch im Arbeitszimmer, die Luft war abgestanden. Ich atmete flacher, presste Ober- und Unterkiefer gegeneinander, sodass es wehtat, und als ich schließlich auf meine Hände blickte, sah ich, dass ich sie zu Fäusten geballt hatte und die Knöchel weiß hervortraten, die Äderchen auf meinem Handrücken schienen gleich zu platzen. Dabei hatte ich doch allen Grund, mich zu freuen: Daniel lebte, er hatte mich gefunden, wir würden uns sehen.

Ich dachte an Katrin, daran, wie sie damals im Flur gesessen hatte, an diesem denkwürdigen Tag, wie sie im Begriff war, verrückt zu werden an der Tatsache, dass niemand ihr glaubte, wie ich sie schüttelte und schüttelte, wie ich mir wünschte, sie würde ein für alle Mal begreifen, dass Daniel tot war, und wie sie kurze Zeit später auszog.

Mein Leben hätte einen gänzlich anderen Verlauf genommen. Gleiches galt für Katrin. Für Daniel sowieso.

Gut möglich, dass ich mich ein paar Minuten kein bisschen rührte, während ich so an meinem Schreibtisch saß, der Regen an die Fensterscheiben prasselte, Anne im Wohnzimmer saß und sich vermutlich fragte, was ich gerade tat. Je länger ich über alles nachdachte, desto wütender wurde ich. Wer war das Kind, das ich beerdigt hatte? Warum um alles in der Welt war es gestorben? Wem hatten sie es weggenommen, und warum? Und ich dachte an die Mutter und an den Vater dieses Säuglings. Auch sie waren um ihr Kind betrogen worden. Vielleicht suchten sie noch immer danach. Ich würde mich bei der Polizei melden müssen deshalb, das stand fest.

Sie ziehen Verbindungen, die nicht existieren. Sie sehen Dinge, die es nicht gibt.

Ich löste mich aus meiner Starre und schlug mit beiden Fäusten auf den Tisch, ein ums andere Mal. Wie heftig ich dies tat, wurde mir erst klar, als der Schmerz wie ein Messer in meine Hände schnitt. Die Wut musste raus, und der Schmerz, der sich bis in die Oberarme zog, fühlte sich richtig an. Ich konnte nicht aufhören damit, auf den Tisch einzuschlagen. Das Glas mit den Kugelschreibern drohte umzukippen, die leere Blumenvase, der Kerzenständer, alles drohte umzukippen. Erst als der

Schmerz unerträglich wurde, hörte ich auf. Dann begann ich zu weinen. Ein stilles, innerliches Weinen. Die Wut war nicht verflogen, aber damals glaubte ich zu begreifen, was geschehen war: Ich war am Ende einer unwahrscheinlichen Geschichte angelangt. Dabei fing es, wie ich heute weiß, eigentlich erst richtig an.

II

14

Diesen einen Moment hatte ich immer wieder vor meinem inneren Auge heraufbeschworen: wie ich ihn erkannte in der Menge der Wartenden. Wie wir aufeinander zuliefen. Wie wir uns schließlich umarmten, genau die zwei oder drei Sekunden zu lange, die unmissverständlich verdeutlichten, dass diese Umarmung keine gewöhnliche war, dass wir beide uns nach nichts mehr gesehnt hatten als dieser ersten Berührung, nach Wärme und Geruch des anderen. Ich hatte mir vorgestellt, wie wir uns dann anblickten, dass ich die feinen Züge Katrins erkannte, ihr sanftes Kinn, ihre hohen Wangenknochen, was ihm genau wie ihr etwas Jugendliches verlieh. Von mir würde er das dicke, dunkle Haar haben und die Kurzsichtigkeit, weshalb er eine Brille trug – daran gab es keinen Zweifel. Der ersten Umarmung würde eine zweite folgen, eine dritte. Dann würden wir den Bahnhof verlassen, vertieft in ein Gespräch, das erst ein Ende fände, wenn ich mich viele Stunden später auf den Weg zu einer Pension machte, um ihn dann – so hatten wir es vereinbart – am darauffolgenden Morgen abzuholen, damit wir den Cospudener See umwanderten, in dessen Nähe er wohnte, am südlichen Ausläufer der Stadt.

Aber so kam es nicht. Als ich den Zug in Leipzig verließ und in Richtung des Ausgangs lief, den anderen Passagieren hinterher, mit steifen Gliedern, überfiel mich ein Schwindel. Ich blieb stehen, klammerte mich an den Griff meines Rollkoffers, atmete tief ein und wieder aus.

Aber niemand schien mich zu erkennen. Niemand löste sich aus der Menge oder rief meinen Namen.

Ein pfeifender Mann eskortierte ein Pärchen nach draußen. Ein Mädchen, vielleicht neun oder zehn Jahre alt, umarmte eine Frau, setzte sich anschließend auf ihren großen Koffer und ließ sich Richtung Ausgang ziehen. Schließlich stand ich fast allein neben dem Gleis, wartend, mit suchendem Blick.

Hatte ich wirklich geglaubt, dass alles ein gutes Ende finden würde? Hatte ich gedacht, die Suche wäre nun vorbei? Ich müsste einfach nur nach Leipzig fahren, weil dort mein Kind auf mich wartete? Hätte ich nicht misstrauischer sein sollen? Jemand ruft mich an, aus heiterem Himmel, und behauptet, mein Sohn zu sein?

Mit jeder Sekunde, die verstrich, und mit jedem Gesicht, das ich sah, das aber zweifelsohne nicht ihm gehörte, wurde ich unruhiger. Ich holte mein Telefon aus dem Rucksack. Sicher hatte er versucht, mich anzurufen. Alles würde sich aufklären. Aber da war nichts. Also rief ich ihn an, und weil er nicht abnahm, blickte ich wieder um mich, konnte aber einfach niemanden ausmachen, der so aussah, wie ich mir Daniel vorstellte.

Plötzlich landete ein Ellenbogen in meinem Rücken. Der nächste Zug musste schon eingefahren sein, ich war umringt von Menschen. Wie lange hatte ich hier gewartet? Alles um mich herum war in Bewegung. Nur ich stand still. Der Schwindel gewann an Kraft. Und nicht nur das: Die Luft, so schien mir, war innerhalb von Sekunden fast gänzlich aus dieser Bahnhofshalle verschwunden.

Ich fürchtete zu ersticken. Eine Panikattacke – das war, was ich mir sagte, du hast nichts weiter als eine Panikattacke. Ich hatte so etwas schon einmal erlebt, in etwas abgeschwächter Form, ein paar Jahre war das her, kurz vor einer Routineoperation, vor der ich mich, obwohl es keinen vernünftigen Grund dafür gab, ungeheuerlich fürchtete.

Plötzlich war ich mir sicher, dass mein Sohn nicht kommen würde.

Ich musste an unser erstes Telefonat denken, das völlig anders verlaufen war als von mir erhofft.

Nachdem Anne mir eine Woche zuvor den Zettel mit der Nummer gegeben hatte und im Wohnzimmer verschwunden war, hatte ich eilig geduscht und nahm anschließend Kleidung aus dem Schrank, die ich sonst nur bei besonderen Anlässen trug: eine Seidenhose, die am Bauch spannte, ein weißes Hemd – so als ob es darauf ankäme. Mit dem Telefon in der Hand stieg ich die Treppen ins Arbeitszimmer hinauf, schloss ab, obwohl Anne mich in einem Moment wie diesem nicht stören würde, wie ich wusste. Am Schreibtisch vor dem Computer sitzend, räusperte ich mich.

Ich sagte: »Hallo.«

Ich räusperte mich noch einmal und sagte: »Hallo Daniel … hier ist dein Vater.«

Aber auch das klang falsch, obwohl es richtig war, wie ich wusste. Schließlich faltete ich den Zettel vor mir auf, wählte die Nummer, sehr langsam, und prüfte dann noch einmal jede Ziffer.

Schon hörte ich seine Stimme: »Hans?«, fragte er.

Weil ich zögerte, fragte er noch einmal: »Hans? Bist du's?«

»Ja«, sagte ich und räusperte mich ein weiteres Mal. »Du …«, ich wusste plötzlich, was ich zu sagen hatte, brachte es aber einfach nicht fertig. »Du … lebst!«, sagte ich schließlich. Dabei klang meine Stimme so dünn, als hätte ich geschlafen und wäre eben erst aufgewacht.

»Sollte ich das denn nicht?«, fragte Daniel.

»Ich habe so oft versucht … ich habe wirklich alles versucht, aber als dann deine Mutter gestorben ist, als Katrin dann gestorben ist, Daniel …«

»Daniel?«, fragte er überrascht, und ich schwieg, weil ich nicht wusste, worauf er hinauswollte.

»Ich heiße Martin«, sagte er.

»Martin«, sagte ich nach einer Weile, und es muss wie eine Frage geklungen haben.

»Ja«, sagte er.

»Hat man dich adoptiert? Wer hat dich adoptiert? Wieso haben wir davon nichts gewusst?«, fragte ich ihn ungeduldig. Und noch bevor er antworten konnte, wollte ich wissen, wo er aufgewachsen sei, wo er jetzt wohne. Die Wörter fielen übereinander, so schnell, wie ich sprach, sie stolperten förmlich aus meinem Mund. Ich ließ Daniel nicht zu Wort kommen und begriff im selben Moment auch, warum: Ich fürchtete mich davor, dass er mich fragen könnte, warum *er* es gewesen war, der mich hatte finden müssen, nach all der Zeit, und warum, verdammt noch mal, nicht *ich* alle Hebel in Bewegung gesetzt hatte, um ihn ausfindig zu machen in den vierzig Jahren.

»Nein«, unterbrach er mich. »Wir können das jetzt nicht alles am Telefon klären, hörst du? Das machen wir, wenn wir uns sehen.«

In diesem Augenblick, als ich zum ersten Mal mit meinem Sohn sprach, befiel mich ein Unbehagen, weil ich, wie mir plötzlich in den Sinn kam, versagt hatte, als es darauf ankam, weil ich Katrin nicht geglaubt hatte.

»Gut«, sagte ich.

Er gab mir seine Adresse, und kurz darauf legten wir auf.

Das Telefon in meiner Hand vibrierte. Es war Daniel.

Sorry, schrieb er, *hat alles länger gedauert. Bin noch im Büro, Mittelweg 16, zweite Etage. Warte hier auf dich.*

Ich glaubte zu spüren, wie sich meine Lungen mit Sauerstoff füllten und der Nebel um mich herum sich lichtete. Also folgte ich dem Strom der Reisenden, ging Schritt für Schritt in Richtung der Ausgangstür, aber anstatt den Bahnhof sofort zu verlassen, so wie ich es vorgehabt hatte, setzte ich mich auf eine Bank, stellte den Koffer neben mich und las noch einmal, was Daniel mir geschrieben hatte. Ich hatte eine Nachricht von meinem Kind bekommen. Ich würde es sehen, vierzig Jahre nachdem ich es beerdigt hatte, und alles, was ich dafür machen musste, war, in eine der Taxen zu steigen und zu ihm zu fahren.

15

Während wir die Oper passierten, das Gewandhaus und schließlich die Moritzbastei, dachte ich an Katrin und an den einen Abend, an dem sie unvermittelt wissen wollte, ob ich mir vorstellen könnte, ein Kind mit ihr zu bekommen. Wir lagen im Bett, und ich las ihr vor, wie so oft in jener Zeit. Plötzlich nannte sie meinen Namen, woraufhin ich verstummte. Als ich sie anblickte, das Buch auf meinem Schoß, auf eine Erklärung für die Unterbrechung wartend, sah sie mich eindringlich an – und noch heute frage ich mich, ob ich damals wirklich schon wusste, was sie gleich sagen würde, so wie mir es meine Erinnerung beharrlich weismachen möchte. Ich hatte lange darauf gewartet, und nun war es so weit.

Ein paar Wochen später war sie tatsächlich schwanger. In dieser Zeit – ungefähr ein Jahr bevor sie auszog – hatte unsere Beziehung wieder den Glanz der ersten Monate, jede Berührung zwischen uns löste dieses elektrisierende, schwer zu fassende Gefühl aus, fast so, als wären wir gerade erst zusammengekommen. Wir dachten über mögliche Namen nach, während ihr Bauch wuchs und wuchs – und konnten uns auf einmal sogar vorstellen, ein zweites und auch drittes Kind zu bekommen.

Im Taxi sitzend, auf dem Weg zu Daniel, fragte ich mich, ob es völlig ausgeschlossen war, dass Katrin spürte, was gerade geschah. Ich gehöre nicht zu denjenigen, die daran glauben, dass jemand, wenn er tot ist, an einem uns unbekannten Ort verweilt und genau sieht, was in der wirklichen Welt geschieht. Diese Vorstellung leuchtet mir nicht ein, auch wenn sie charmant ist. Aber plötzlich spürte ich einen Druck auf meiner Schulter, eine leichte, kaum wahrnehmbare Berührung, und ich bildete mir ein, dass es Katrin war, wie auch immer das gehen sollte, dass sie sehr wohl begriff, dass sich der Kreis nun schloss, dass Daniel lebte und ich ihn wiedersehen würde, gerade einmal sechzig Kilometer von zu Hause entfernt. Katrins Hand lag auf meiner Schulter, während ich mit geschlossenen Augen in diesem Taxi nach Markkleeberg saß. Niemand wird mich je vom Gegenteil überzeugen können.

Ich bezahlte den Taxifahrer, atmete tief ein und tief wieder aus, dann drehte ich mich um. Das Bürogebäude, vor dem ich stand, war strahlend weiß und schien sich zu ducken, was an den kleinen Fenstern liegen mochte, an den schwarzen Schindeln, die das Dach seltsam schwer wirken ließen. Ich glaubte, den See riechen zu können. Tatsächlich befand ich mich unweit eines Badestrands und eines Hafens, wo es Cafés und Restaurants gab. Ich hörte die Geräusche einer nahen Baustelle. Ein Paar lief an mir vorbei. Als ich ihre dicken Jacken und die Mützen sah, wurde mir bewusst, dass es viel zu kalt war für einen Tag im Mai, vielleicht acht Grad, dazu kam der Wind, der in Böen durch meine Haare fuhr.

Ich betrat das Gebäude und stieg die Treppen hinauf. Mit jeder Stufe, die ich nahm, wuchs das Gefühl der Nervosität, als müsste ich eine mündliche Prüfung bestehen, und es war alles andere als sicher, dass ich durchkommen würde. Schließlich stand ich vor einer Milchglastür, hinter der sich, wie ich las, Daniels Büro befand. Ein Schatten bewegte sich in diesem Raum, und ich glaubte, in diesem Schatten mein Kind zu erkennen. Er war groß, allem Anschein nach schlank, und er schien tatsächlich dunkle Haare zu haben, so wie ich es mir vorgestellt hatte.

Ich klopfte und wartete. Nichts geschah. Also klopfte ich noch einmal, lauter jetzt. Etwas hielt mich davon ab, einfach zu ihm zu gehen, obwohl es genau das war, was ich wollte. Der Schatten wurde größer und größer, und schließlich öffnete jemand die Tür.

Dass er es war, wusste ich sofort. Ich *sah* es ja. Denn noch bevor ich bemerkte, dass er tatsächlich mein Haar hatte, dunkel und dick, sah ich Katrins Mund vor mir: volle, geschwungene Lippen. Ich sah ihre Augen, ihre Stirn. Die offensichtliche Ähnlichkeit war verblüffend. Auch seine Nase glich ihrer.

»Daniel? Bist … bist du's?«, sagte ich, mit tonloser Stimme. Wir waren ungefähr gleich groß und blickten uns direkt in die Augen.

»Martin«, korrigierte er mich, und ich begriff, dass ich einen Fehler gemacht hatte. Für mich würde er immer Daniel bleiben, das stand fest – aber das sagte ich ihm nicht. Er schien kurz zu überlegen und sagte schließlich: »Und du bist Hans.«

Es hörte sich ganz so an, als würden wir uns regelmäßig treffen, er sagte es auf eine so gefasste und unaufgeregte Art und Weise, dass ich einen Moment lang irritiert war. Aber dann, nach ein paar Sekunden Stille, wuchs ein Lächeln auf seinem Gesicht, er trat auf mich zu, breitete seine Arme aus, die ein Stück zu lang waren, wie mir auffiel, und wir umarmten uns. Ich spürte die Wärme seiner Hände auf meinen Schultern. Daniels Hände. Aber sie lagen seltsam schlaff auf mir, während ich ihn fest an mich drückte. Plötzlich nahm ich ein Zittern auf Höhe meiner Wangen wahr. Mir wurde heiß, und während mir sein Geruch in die Nase stieg, herb und süßlich zugleich, wurden meine Augen feucht.

Eine Weile hielten wir uns fest.

Als wir uns voneinander lösten, sah ich, dass auch

Daniel Tränen in den Augen hatte. Wir standen immer noch auf der Türschwelle, dann gab er mir zu verstehen, dass ich in sein Büro gehen sollte.

»Martin …«, sagte ich, und dass es mir leichtfiel, ihn so zu nennen, kann ich nicht behaupten, »ich habe dir so viel zu erzählen, hörst du? So viel!«

»Du«, sagte er, während ich schließlich eintrat, »ich mach uns erst mal Kaffee, ja?«

Das wollte ich nicht. Ich schüttelte den Kopf und sagte: »Weißt du, damals, gleich nach deiner Geburt, im Krankenhaus, als sie uns …«, aber weiter kam ich nicht. Er unterbrach mich: »Nein«, sagte er, »nicht jetzt.« Er hatte dies mit einer Selbstverständlichkeit gesagt, die jeglichen Widerspruch ausschloss.

Daniel ging in das benachbarte Zimmer, ich hörte das Klirren von Geschirr und schließlich das anschwellende Zischen eines Wasserkochers. An den Wänden seines Büros hingen großformatige Bilder: Spa-Landschaften, aus der Vogelperspektive fotografiert, moosbewachsene Gebäude, die aussahen wie Iglus. Zeichnungen, Grundrisse. Damit verdiente mein Sohn also sein Geld. Das waren keine billigen Reihenhäuser für jedermann, das stand fest.

Ich ging zu Daniel in die Küche und beobachtete ihn. In jeder seiner Bewegungen steckte eine Bestimmtheit, die mir imponierte. Er pfiff kaum hörbar eine Melodie, bediente den Kaffeevollautomaten, und jetzt erst bemerkte ich, dass er nur Wasser aufgekocht hatte, um es in die Tassen zu kippen, damit sie angewärmt waren. Der Kaffee tröpfelte aus dem Gerät, es blinkte und zischte.

»So«, sagte Daniel und kam mit zwei vollen Tassen auf mich zu. »Jetzt hätten wir's.«

Er redete anders, als ich es erwartet hatte, das war mir schon aufgefallen, als ich das erste Mal seine Stimme hörte. Was aber, fragte ich mich, hatte ich denn eigentlich erwartet? Dass er so sprach wie die Leute im Unstruttal? In diesem Singsang, der jedem Satz eine weiche, manchmal träge klingende Melodie verlieh? Am Telefon, als er so offensichtlich bemüht war, dem eigentlichen Grund unseres Gesprächs aus dem Weg zu gehen, hatte er erwähnt, dass er längere Zeit im Ausland gearbeitet hatte. Japan, Island und schließlich in den Niederlanden, dass er seinen Freund hatte heiraten wollen, sie sich aber kurz davor getrennt hätten. Tatsächlich sprach er, als ob er es nicht gewohnt wäre, Deutsch zu reden. Er betonte die Wörter auf eine ungewöhnliche Weise, nicht so sehr, dass es sofort auffiel, aber wenn man genau hinhörte, konnte man wahrnehmen, dass er manche Silben in die Länge zog, als spräche jemand sehr gut Deutsch, aber eben nicht ganz perfekt.

»Wie lange warst du denn weg?«, fragte ich, dabei schien es mir völlig lächerlich, derlei belanglose Fragen zu stellen in einem Moment wie diesem. Es gab Wichtigeres, das wussten wir beide.

Wir saßen an einem Tisch aus Eichenholz, er führte die Tasse zum Mund und trank einen Schluck.

»Puh …«, sagte er und blickte an mir vorbei, auf einen imaginären Punkt im Raum. »Das waren … ich glaub, das waren wohl an die dreizehneinhalb Jahre.«

»So lange!«, sagte ich, und es kam mir plump vor, ich selbst kam mir plump vor, wie ich vor ihm saß, in der gelben Regenjacke, die Anne mir heute Morgen in die Hand gedrückt hatte und die bei jeder Bewegung raschelte, als würde man trockene Blätter aneinanderreiben. Daniel trug eine eng anliegende Leinenhose und Lederschuhe, die teuer wirkten, ohne dass ich sagen konnte, warum. Manchmal sah man den Dingen einfach an, dass sie viel gekostet hatten. Sie glänzten im Licht der Neonröhre über uns.

Ich fragte mich, was oder wen er sich vorgestellt hatte. Ob er von mir enttäuscht sein könnte: Meine Hose war zwar nicht unbedingt abgetragen, aber elegant oder modisch war sie ganz sicher nicht. Ich kam aus einem Dorf im Burgenlandkreis, war in meinem Leben kaum je ins Ausland gereist, und wenn doch, dann war ich jedes Mal froh gewesen, nach ein paar Tagen wieder zu Hause zu sein.

Daniel nippte an seinem Kaffee und musterte mich. Ich glaubte zu wissen, was ihm durch den Kopf ging. In diesem Moment schämte ich mich, obwohl ich nicht genau sagen konnte, warum. Vielleicht schämte ich mich für all das, was ich in Daniels Augen nicht erreicht hatte, dafür, dass ich noch immer im Haus meiner Eltern wohnte, dass ich in den letzten Jahrzehnten nichts Grundlegendes verändert hatte in meinem Leben – dass ich zufrieden war mit dem, was ich hatte.

Dann nahm sein Gesicht einen nachdenklichen Ausdruck an. »Woran ist Katrin gestorben?«, fragte er. Seine Stirn legte sich in Falten. Er wich meinem Blick aus, sah auf die Bilder an der Wand und schließlich auf seine Tasse. »Du meintest am Telefon … sie ist tot?«

»Ja«, sagte ich.

»Woran ist sie gestorben?«, fragte er. Er sprach schnell, so als wollte er dieses Thema zügig zu einem Ende bringen, und er sprach eine Spur zu scharf, wie ich fand. Plötzlich glaubte ich, eine Kühle in seiner Stimme wahrnehmen zu können, als wüsste er genau, was damals im dunklen Flur meines Hauses vor sich gegangen war, an jenem Tag, als ich die Kontrolle verlor und Katrin schüttelte und schüttelte.

Ich hielt mich an meiner Tasse fest, brachte es aber nicht fertig, auch nur einen Schluck daraus zu trinken.

»Krebs«, sagte ich leise.

»Scheiße.«

Eine Weile sagten wir nichts.

»Wie hast du mich eigentlich gefunden?«, fragte ich, weil ich nicht darüber sprechen wollte, wie er aufgewachsen war – ein Thema, das er vehement zu umgehen schien.

Nun wirkte er wacher.

»Das war einfach, fast zu einfach«, sagte er und senkte den Blick, um wieder seine Tasse zu begutachten. Er machte nicht den Eindruck, von sich aus weitererzählen zu wollen. Das Lächeln auf seinen Lippen schien von weit her zu kommen.

»Wie hast du mich gefunden?«, fragte ich noch einmal, ungeduldig.

»Kristján und ich, wir wollten heiraten«, sagte Daniel, »das war vor … mein Gott … vor fünf Jahren schon.«

Er sah mein ratloses Gesicht, holte Luft, um weiterzusprechen, hielt dann kurz inne, seufzte kopfschüttelnd und sagte schließlich: »Also musste ich einen Auszug aus dem Geburtenregister beantragen, ziemlich nervig, wenn du am Arsch der Welt wohnst, das sag ich dir.«

»Und dann?«, fragte ich.

Daniel trank den Kaffee aus, stellte die Tasse auf den Tisch, mit einer langsamen, vorsichtigen Bewegung, so als sei sie randvoll, was mich irritierte, weil ich nicht wusste, warum er das tat.

»Und dann stand da ein anderer Nachname«, sagte er und lehnte sich theatralisch seufzend zurück. »Das war ein ziemlicher Schock. Auf einmal erfährst du, dass du adoptiert wurdest. Ich hätte ja gern meine Eltern dazu befragt – aber sie waren nicht gerade die Jüngsten, als sie mich bekommen haben. Ma war schon tot. Und Pa hat ja Demenz … also hatte Demenz. Er ist vor zwei Jahren gestorben. Im Pflegeheim. Der wusste am Ende nicht einmal mehr, wer ich war.«

Dann suchte er meinen Blick und sagte: »Die Adresse auf dem Geburtsschein war übrigens geschwärzt, sonst hätte ich dich vielleicht früher schon … aber gut. Ein paar Jahre lang hab ich das auch alles einfach weggedrückt.«

»Aber dann hast du mich gefunden.«

»Das stimmt.«

Wir schwiegen einen Augenblick.

»Facebook«, sagte Daniel schließlich.

»Facebook?«

»Das hast du deiner Freundin zu verdanken«, sagte er.

»Anne?«, fragte ich. Er nickte.

Ich hatte nicht gewusst, dass Anne sich für mich auf die Suche begeben hatte. Zwar hatte sie oft am Rechner gesessen, und manchmal, daran erinnerte ich mich in diesem Augenblick, wirkte sie seltsam ausweichend, wenn ich das Arbeitszimmer betrat und sie fragte, was sie gerade mache. Aber ich hatte mir nie etwas dabei gedacht.

»Es gibt da ja nur ein paar Gruppen, die infrage kommen, und denen bin ich beigetreten. Ich habe gescrollt und gescrollt und gelesen und gelesen, und irgendwann bin ich dann auf den Namen gestoßen, der im Geburtenregister stand, euren Namen. Der Ort stimmte, die Jahreszahl passte. Da habe ich gemerkt, dass ich es war, nach dem jemand suchte. Das ist doch absurd: Du willst heiraten, beantragst einen Auszug aus deinem Geburtenregister, merkst, dass deine Eltern nicht deine Eltern sind, trittst schließlich so einer Facebook-Gruppe bei und zack – Volltreffer. Also … Ist das nicht absurd? Ich meine, ich hasse Facebook, ich hasse Instagram, ich habe schon oft mit dem Gedanken gespielt, meinen Account dort zu löschen. Und dann so was.«

Ich hörte ihm reglos zu. Er sah mich nur hin und wieder an, während er sprach. Stattdessen blickte er mal auf die Tür, so als erwarte er jemanden, mal auf sein Telefon, mal mit prüfendem Blick auf seine Handrücken und Fingernägel.

»Ich hab mir die Nummer notiert, die da stand, und weißt du, was?«

Jetzt sah er mir direkt in die Augen, herausfordernd, wie mir schien, so als wolle er das unterstreichen, was er nun sagte: »Erst habe ich gar nichts unternommen. Ich hätte sofort anrufen können, klar, nur … das wollte ich nicht. Aber dann ist Pa gestorben – und dann habe ich halt doch angerufen. Und jetzt sitzt du hier.«

Sein Telefon klingelte, er zog es aus seiner Hosentasche, sah auf das Display. »Das ist der Typ aus Chemnitz«, sagte er, »großer Auftrag, wichtig, es gibt da Probleme mit dem Dach.«

Er wägte einen Augenblick ab, legte sein Telefon zurück auf den Tisch, seufzte und schaute mich ausdrucksloss an. Er seufzte noch einmal, kaum hörbar jetzt, und sagte schließlich: »Wann habt ihr euch damals eigentlich entschlossen, mich wegzugeben?«

16

Während dieser Satz in mir nachhallte, wurde eines offensichtlich: Das Bild, das ich mir insgeheim von diesem Tag gezeichnet hatte, war falsch gewesen. War ich zu naiv? Hatte ich tatsächlich nicht damit gerechnet, dass man ihm etwas gänzlich anderes erzählt hatte, eine andere Wahrheit, in der ich nicht die Rolle des suchenden Vaters einnahm? Ich brauchte eine Weile, um mich zu besinnen.

»Was?«, fragte ich, etwas zu laut.

»Du hast mich schon richtig verstanden«, sagte er und richtete sich auf, er wirkte nun einen Kopf größer, hielt seine Arme verschränkt und sah mich misstrauisch an. Auch ich richtete mich etwas auf, ohne dass ich es eigentlich wollte. Es kam mir vor, als hätte er seit Jahren auf diesen Moment gewartet, sein Blick war durchdringend.

»Wie kommst du darauf, dass wir dich weggegeben haben?«, fragte ich, obwohl ich die Antwort wusste.

Plötzlich spürte ich den Zorn wieder in mir aufsteigen, dieses Mal jedoch richtete er sich gegen die Menschen, die sich jahrzehntelang als seine Eltern ausgegeben hatten. Sie hatten ihn großziehen dürfen. Sie durften ihm beibringen, wie man sich zurechtfand in der Welt. Dabei wäre das meine Aufgabe gewesen. Allein der Gedanke daran, dass Daniel davon ausging, wir wollten ihn damals nicht haben, machte mich rasend.

»Also jetzt hör mal!«, sagte ich, laut und erregt, und bereute sofort, dass ich mich nicht unter Kontrolle hatte, dass ich mich nicht zügeln konnte. »Wir wollten dich nicht weggeben! Warum hätten wir das denn tun sollen?«

»Willst du mir jetzt wirklich diese Lüge auftischen?«, fragte er prompt. Vermutlich hatte er damit gerechnet, dass ich alles leugnen würde. Auf seinem blassen Gesicht zeigten sich rote Flecken, er biss sich auf die Unterlippe und wirkte wie ein völlig anderer Mensch. Wir hatten uns umarmt, wir waren gerührt gewesen, einander zu sehen – das war doch alles nur ein paar Minuten her.

»Willst du mir jetzt wirklich erzählen, dass ihr mich ja eigentlich lieb hattet? Dass ihr mich ja eigentlich gar nicht weggeben wolltet? Ist das dein Ernst?«

Inzwischen war er so laut geworden, dass es wehtat, jede einzelne Silbe tat weh, die offensichtliche Verletzung, die aus ihnen sprach. Er schrie beinahe: »Ist das jetzt wirklich dein Ernst?«

Ich sagte nichts dazu. Ich konnte es einfach nicht. Ich saß da, und anstatt ihm in die Augen zu sehen, betrachtete ich meine Handrücken, die Haare, die darauf wuchsen, die Poren, die dicken Adern, die zwei Altersflecken, die mit jedem Jahr, das verstrich, größer wurden. Ich muss ausgesehen haben wie jemand, der gerade bei etwas ertappt worden war und sich nun in Grund und Boden schämte.

»Du bist also gar nicht hergekommen, um dich zu entschuldigen?«

Ich sagte noch immer nichts und fühlte mich so hilflos wie damals, als die Ärztin in Katrins Zimmer kam, um uns mitzuteilen, dass Daniel gestorben sei. Mein Kopf sank immer weiter.

Da spürte ich wieder diesen Druck auf der Schulter. Ich glaubte, Katrins Stimme im Ohr zu haben. *Wenn sich eines Tages irgendeine Möglichkeit ergibt …*

Jetzt, das wusste ich, war der richtige Zeitpunkt gekommen. Ich richtete mich auf, blickte Daniel an und war überrascht zu sehen, dass er weinte, lautlos weinte. Aber das waren keine Tränen der Trauer, und ich glaubte, dass er ernsthaft überlegte, mich rauszuwerfen.

»Also«, sagte ich und merkte sofort, dass ich viel zu laut war. Ich wollte nicht schreien, so wie er, ich wollte, dass wir uns normal unterhielten und dass all die Wut aus diesem Zimmer verschwand. Ich holte tief Luft, und gerade als ich noch einmal ansetzte, ihm zu erzählen, was sich zugetragen hatte – von Katrins Zweifeln, meiner vergeblichen Suche, all den Widersprüchen –, damit wir endlich das sein konnten, was ich mir so sehr wünschte, nämlich Vater und Sohn, die sich nach vierzig Jahren erstmals begegneten, genau in diesem Moment klingelte sein Telefon.

Daniel sah auf das Display. Es vergingen ein paar Sekunden, sein Blick streifte mich, er seufzte tief. Dann nahm er schließlich ab, stand auf, ging zum Fenster und drehte mir den Rücken zu. Er trug ein weißes Hemd, sein Nacken war breit, er trainierte regelmäßig, das war nicht zu übersehen. Er redete beschwichtigend auf jemanden ein, er solle sich keine Sorgen machen, alles werde innerhalb der Frist behoben, es werde keine Scherereien geben.

»Das dauert hier noch«, sagte er, zu mir gewandt, und hielt das Telefon eine Handbreit von seinem Ohr entfernt.

»Ist gut«, sagte ich.

Dabei war nichts gut. Ich begriff, dass mich der Mut verließ. Ich würde ihm gestehen müssen, dass ich irgendwann aufgehört hatte, nach ihm zu suchen. Dass ich ihn aufgegeben hatte, weil ich keine Kraft mehr hatte.

Daniel sagte: »Geh doch schon mal in die Pension, ja? Hol mich morgen einfach zu Hause ab, acht Uhr. Die Adresse hast du, ja? Einverstanden?«

Er klang so, als wäre ich für ihn nichts anderes als ein Geschäftskunde, den man freundlich vertrösten musste.

Ich erhob mich, zog meine Jacke wieder an, Daniel redete und redete, es ging um eine bestimmte Art von Versiegelung, die viel zu teuer sei, dafür, dass sie nichts tauge. Er blickte aus dem Fenster, gestikulierte mit einer Hand, er verteidigte etwas, so kam es mir vor, er verteidigte eine Entscheidung, die er getroffen hatte und die jemand anderem nicht passte. Während ich zur Tür ging, mit buchstäblich zitternden Knien, und die Klinke nach unten drückte, sah ich noch einmal zu ihm, aber da ahnte ich schon, dass er sich nicht nach mir umblicken würde.

17

Ein paar Tage bevor ich nach Leipzig gefahren war, hatte ich Daniel noch einmal angerufen. Während das Freizeichen ertönte, stellte ich mir vor, wie er meine Nummer auf dem Display des Telefons sah, und befürchtete das Schlimmste. Angst stieg in mir auf, er könnte nicht abnehmen und würde so schnell wieder aus meinem Leben verschwinden, wie er aufgetaucht war.

Ich hatte die Zugfahrkarten schon gekauft und die Pension gebucht, genau die, die er mir vorgeschlagen hatte, direkt an der Uferpromenade des Cospudener Sees, am südlichen Rand Leipzigs, eine teure Pension, wie ich fand. Aber ich hatte nicht gewagt, ihm zu widersprechen. Als wir das erste Mal telefonierten und auch jetzt – ich hatte keinen Fehler machen wollen, weil mir das Band zwischen uns noch so dünn erschien, dass es jederzeit reißen könnte. Ein falsches Wort, so glaubte ich, könnte dafür sorgen, dass Daniel plötzlich wieder fort war. Aus diesem Grund hatte ich auch davon abgesehen, ihn zu fragen, ob ich nicht einfach bei ihm schlafen könne, in einem Gästezimmer oder auf dem Sofa, weil wir nun einmal Vater und Sohn waren.

Schließlich nahm Daniel ab. Ich wolle nicht stören, sagte ich, nur sei ich gerade dabei, die Tasche zu packen ... Ich hörte ein leises Seufzen – sicher war er gerade beschäftigt. Ich fragte, ob er sich vorstellen könne, dass ich die Fliegenrute mitnähme, es sei Maifliegenzeit, das dürfe man sich nicht entgehen lassen. Unweit von Leipzig in Richtung Erzgebirge gebe es ein paar Flüsse, die für ihre prächtigen Forellen bekannt seien, und jetzt im Mai, wenn die Fliegen schlüpften und die Fische im Fressrausch seien, könne man wahre Sternstunden erleben. Allein schon der Gedanke daran, mit meinem Sohn angelnd am Wasser zu stehen, sorgte dafür, dass sich meine Mundwinkel nach oben zogen.

»Was?«, fragte er. »Maifliegenzeit? Forellen?«, und es klang nicht so, als ob er große Lust darauf hätte. »Du willst angeln gehen?«

»Ja«, sagte ich, »warum nicht. Man kann gut reden beim Fischen.«

»Angeln ...«, sagte er, »nein, das werden wir sicher nicht tun.«

Wir verabschiedeten uns, und er legte auf.

An dieses Telefonat musste ich denken, während ich nun am Ufer des Sees entlanglief und meine Pension suchte.

Es war kühl und so windig, dass die Fahnen in den Vorgärten klirrten. Das Wasser war unruhig, die weißen Schaumkämme darauf wirkten wie mit grobem Pinselstrich aufgetragen.

Schließlich erreichte ich meine Pension. Ich betrat mein Zimmer, setzte mich auf das Bett, das hart war und in dem zu schlafen keine Freude sein würde. Nichts von dem, was ich hier sah, rechtfertigte diesen absurd hohen Preis. Ich holte das Telefon aus meiner Tasche. Ich wollte nicht ständig überprüfen, ob Daniel sich gemeldet hatte, konnte aber einfach nichts dagegen tun. Er hatte die erstbeste Gelegenheit genutzt, um mich wieder loszuwerden – so jedenfalls hatte es auf mich gewirkt. Sicher würde ihm der Gedanke kommen, mir eine kurze Nachricht zu schreiben. Ich blickte auf das Display. Aber niemand hatte mir geschrieben.

An jenem Abend tippte ich eine SMS an ihn:

Es tut mir alles so leid, schrieb ich, *wir haben dich nicht weggegeben. Und ich hätte dich finden müssen und nicht umgekehrt. Ich liebe dich.*

Aber sooft ich diese Zeilen las, immer schien mir etwas falsch daran. Schließlich löschte ich den Text und legte das Telefon weg.

Vom Fenster aus sah ich den See, ein dunkles, zitterndes Grau, die Schaumkämme hatten noch an Größe gewonnen, ein Schlauchboot fuhr in voller Fahrt im Kreis, die Passagiere rissen die Arme nach oben. Ich fragte mich, ob Daniel vielleicht ganz einfach so war: aufbrausend hin und wieder, ein Hitzkopf. War er in gewisser Hinsicht vielleicht wie ich? Dass ich alles andere als ein besonnener und unbescholtener Lehrer gewesen war, wusste ich: Es hatte Tage gegeben, da reichte schon eine Kleinigkeit, um mich die Fassung verlieren zu lassen. Ich konnte einen Schüler, selbst wenn er sonst lammfromm war, vor allen anderen bloßstellen. Glich Daniel mir doch mehr, als ich anfangs glaubte? Ich wusste es nicht. Überhaupt wusste ich ja so gut wie nichts über ihn.

Immerhin wusste ich, wo er wohnte. Ich duschte, zog mich an und ging los. Auf halbem Weg musste ich vor einer Ampel warten, und während ich dies tat, wurde ich plötzlich unsicher. Was, wenn er zu Hause war und mich entdecken würde? Der Mann, der sein Vater war und den er gerade erst aus seinem Büro hinauskomplimentiert hatte, stand nun vor seinem Haus und beobachtete ihn?

Ich wollte keinen Fehler machen. Also drehte ich mich um, schlich zurück in mein Zimmer, blickte noch einmal auf das Display meines Telefons. Dann zog ich die Vorhänge zu und legte mich ins Bett.

18

Am nächsten Morgen stand ich wie verabredet vor seinem Grundstück. Von einer Stelle aus, an der die Buchenhecke, die zur Eingangstür führte, den Blick freigab, begutachtete ich seinen Garten. Ich sah kurz geschorenen, sattgrünen Rasen, einen kreisrunden Pool, der so groß war, dass man tatsächlich darin schwimmen konnte, einen gläsernen Gartenpavillon, einen Gasgrill aus Edelstahl und ein Gewächshaus, in dem Palmen und andere exotische Pflanzen wuchsen, deren Namen ich nicht kannte. Dann betrachtete ich sein Haus, die Gründerzeitfassade, die riesigen Fenster und die gläserne Doppeltür, vor der ich nun stand. Ich hatte keine konkrete Vorstellung gehabt, wie mein Sohn wohnte, aber damit hatte ich nicht gerechnet.

Ich klingelte. Weil sich nichts rührte, klingelte ich noch einmal. Während ich das Geräusch von sich nähernden Schritten hörte, betrachtete ich mein Spiegelbild im Glaseinsatz der Tür und fuhr mir noch einmal durch die Haare.

Daniel öffnete die Tür.

»Guten Morgen, Hans«, sagte er. Dann reichte er mir die Hand, und ich konnte nicht anders, als für einen Moment gekränkt zu sein über die Unverbindlichkeit, die in einer flüchtigen Geste wie dieser lag. Er roch nach Aftershave, sah gut aus, wie ich fand, so wie jemand, den man mag, ohne auch nur ein Wort mit ihm gesprochen zu haben. Jetzt, da ich ihn zum zweiten Mal sah, fielen mir seine beginnenden Geheimratsecken auf, das Muttermal unterhalb des Adamsapfels, und ich glaubte, in seinem Blick etwas Entschlossenes zu erkennen, etwas, das anderen Menschen Halt vermitteln konnte. Ich spürte, dass ich stolz auf ihn war, darauf, dass er mein Sohn war – und ich sein Vater.

»Kommst du noch kurz rein?«, fragte er und machte eine einladende Geste. Damit hatte ich nicht gerechnet, denn er hatte nicht den Eindruck vermittelt, dass er mich in seinem Haus haben wollte. Ich hatte ihm nicht widersprochen, als er mir am Telefon vorschlug, dass wir um den See wandern, vielleicht etwas essen könnten, er kenne da ein ausgezeichnetes Restaurant, ich solle ihn dann einfach abholen. Erst als wir an jenem Tag aufgelegt hatten, fand ich den Mut, die Frage zu stellen, die mir all die Zeit schon auf den Lippen gelegen hatte: »Kann ich denn nicht einfach zu dir?«

Ich betrat sein Haus. Er hielt ein Telefon in der Hand und entschuldigte sich, er müsse noch kurz mit dem Kunden aus Chemnitz telefonieren, das Dach …, und während er schnellen Schrittes die Treppen nach oben ging, begrüßte er seinen Auftraggeber mit einer Freundlichkeit, die mir hemmungslos übertrieben schien.

Einen Augenblick lang stand ich einfach da, wo ich stand, hörte gedämpft Daniels Stimme und betrachtete die marmornen Bodenfliesen des Flurs, die zum Wohnzimmer hin einen dunkleren Farbton annahmen. Dann musterte ich die kalksteinfarbenen Wandfliesen, von denen keine aussah wie die andere, jede trug ein fein ausgearbeitetes Relief. Die Fliesen in unserer Küche hatte ich Ende der Neunziger verlegen lassen, und so sahen sie mittlerweile auch aus, wie mir in diesem Moment bewusst wurde. Mit einem Mal war ich froh, dass ich ihn nicht zu mir nach Hause eingeladen hatte. In Gedanken verglich ich die einfache Deckenleuchte in unserem Wohnzimmer mit der, die über seinem Couchtisch hing: ein vielleicht anderthalb Meter langes hölzernes Eichenblatt mit Dutzenden kleiner LED-Leuchten.

Noch immer hörte ich nur leise Daniels Stimme. Er schien zu diskutieren, zu argumentieren. Inzwischen hatte ich das Wohnzimmer betreten. Mir fielen gerahmte Fotos an der Wand auf, gleich neben einem offenen Kamin. Auf jedem der Bilder sah ich ein Kind – mein Kind, wie ich mir sofort dachte –, auf einem

Pony reitend, auf einer Fähre stehend, die Haare von böigem Wind zerzaust. Auf anderen Fotos sah ich Daniel als Erwachsenen, inmitten einer fjordähnlichen Landschaft, vor der Oper in Sidney. Auf den meisten der Bilder war er flankiert von einer Frau und einem Mann, die nur seine Adoptiveltern sein konnten. Ich hätte viel dafür gegeben, hätten sie unfreundlich gewirkt, unterkühlt, unsympathisch, aber das Gegenteil war der Fall. Auf einem Bild standen sie vor einem Zelt, küssten den vielleicht zehnjährigen Daniel je auf eine Wange und hielten ein Pappschild in die Höhe, auf dem in fein säuberlicher Handschrift stand: »Uns geht es gut!«

Noch heute, wenn ich nachts im Bett liege und keinen Schlaf finde, habe ich dieses Bild vor Augen und sehe die schiere Freude auf ihren Gesichtern, das Glück, das sie strahlen lässt – und fühle mich dann jedes Mal betrogen, weil ich weiß, dass Katrin und ich auf dieses Bild gehört hätten.

Als ich seine Schritte auf der Treppe hörte, ging ich eilig wieder in den Flur. Ich ahnte, dass ich zu weit gegangen und in einen Bereich seines Lebens eingedrungen war, den er mir hatte vorenthalten wollen. Ich fragte mich, ob es nun an ihm war, mich auf den gestrigen Tag anzusprechen, darauf, dass er mich mehr oder weniger aus seinem Büro geworfen hatte, dass wir abends nicht wie geplant essen gegangen waren – oder ob ich dies tun müsste, weil ich sein Vater war und deshalb die Dinge in die Hand nehmen müsste. Aber ich wollte ihn nicht darauf ansprechen, aus Furcht, wie ich heute weiß, ihn erneut zu verstimmen.

Schließlich gingen wir Richtung See. Der Tag versprach schön zu werden. Das Blau des Himmels kam mir voller und satter vor als zu Hause, der Wind war über Nacht verschwunden. Wir liefen schweigend. Mit jedem Schritt, den wir uns wortlos dem See näherten, schien mir die Möglichkeit, dieses Schweigen zu brechen, weniger greifbar.

»Das Ding da«, sagte Daniel unvermittelt, »ist übrigens zum hässlichsten Haus der Stadt gewählt worden, ohne Witz.«

Er lachte und zeigte auf ein mehrstöckiges Bürogebäude, das, wie ich fand, nicht anders aussah als all die anderen Häuser hier, aber weil es gelöster klang, dieses Lachen, und nicht so angestrengt wie noch am Tag zuvor, lachte auch ich – es war das erste Mal in meinem Leben, dass ich mit meinem Sohn zusammen über etwas lachen konnte. Ich genoss diesen Augenblick, bis ich plötzlich begriff, immer noch lachend, dass mir die Tränen kamen, was Daniel zum Glück nicht sah, denn es waren keine Freudentränen.

Stunde um Stunde hatte ich darüber nachgedacht, wie diese Begegnung mit meinem Sohn werden würde. Dass wir nun etwas zu lachen hatten, war ein gutes Zeichen. Heute, da war ich mir plötzlich sicher, würden wir tatsächlich zueinander finden.

19

Ein Jahr ist seit dem ersten Treffen mit Daniel vergangen. Die Tage und Nächte, die ich seitdem nicht daran gedacht habe, an all das, was geschah, während wir den Cospudener See umrundeten, könnte ich vermutlich an einer Hand abzählen. Die Bilder schleichen sich mit verlässlicher Regelmäßigkeit in meine Gedanken, wobei – schleichen trifft es nicht. Sie poltern förmlich hinein in mein Bewusstsein, drängeln sich vor ohne Rücksicht auf Verluste: Beispielsweise wenn ich im kalten Neonlicht meines Kellers Posen bastele, wenn ich das Holz aus den armdicken Stäben fräse, vorsichtig den Lack auftrage, wenn ich puste, damit er schneller trocknet, denn Geduld zählt nur während des Angelns zu meinen Stärken, nicht davor und nicht danach.

Manche Momente, die mir dann in den Sinn kommen, scheinen sich plötzlich auszudehnen, und ich sehe alles scharf umrissen vor mir. Das können vermeintlich unbedeutende Details sein wie die schnellen Bewegungen, mit denen Daniel seine Schuhe band, auf halber Strecke um den See, oder wie er sich, nachdem er ein Brötchen gegessen hatte, den Mund fein säuberlich mit einem Stofftaschentuch abwischte. Bisweilen tauchen die fast welligen, stets sanft abfallenden Hänge rund um den Cospudener See vor meinem geistigen Auge auf, die seltsam nah wirkende Pyramide eines Freizeitparks am Horizont – und jedes Mal glaube ich dann, wieder das Schreien der Achterbahnfahrer zu hören, das der Wind zu uns trug. Vieles erscheint mir in solch verblüffender Klarheit, dass ich jedes Mal geneigt bin zu glauben, dieser eine Moment, der mir gerade in den Sinn kommt, wäre noch lange nicht vorbei. Ohne dass ich etwas dagegen unternehmen könnte, beginnen meine Gedanken sich zu bündeln – und schon bin ich wieder dort, an diesem See, mit meinem Sohn, an einem viel zu kalten Tag im Mai des Jahres 2018.

Dann wiederum gibt es Lücken in meiner Erinnerung an jene Zeit, und egal, wie sehr ich mich darauf besinne, es gelingt mir einfach nicht, sie zu schließen. Ich frage mich, was Einfluss darauf hat, dass ich einen Teil dieses Tages längst vergessen habe, während ich anderes so glasklar vor mir sehe.

Zum Beispiel wie ich einen schnellen, verstohlenen Blick auf meine Armbanduhr warf, während ich mit Daniel eine Bäckerei betrat: 8.22 Uhr. Warum war es mir so wichtig, dass er das nicht bemerkte? Warum wollte ich mich gerade jetzt der Zeit vergewissern? Spielte das eine Rolle? Was spielt überhaupt eine Rolle, wenn man seinen Sohn nach über vierzig Jahren das erste Mal sieht?

Daniel war offenkundig guter Dinge, während wir einem verwilderten Pfad folgten, der zum Wanderweg um den See führte. Er pfiff eine Melodie, die ich nicht kannte, holte eines der Brötchen aus seinem Rucksack und reichte es mir. Obwohl wir in all der Zeit nicht gerade schweigsam waren, kann ich mich kaum entsinnen, worüber wir redeten.

Als wir schließlich den Pfad verließen und den Rundweg betraten, veränderte sich die Luft. Sie wurde feucht und schwer, und ich beobachtete, wie von Osten her dunkle Wolken aufzogen. Es roch nach Holz, ein angenehmer, würziger Duft stieg mir in die Nase, obwohl nur ein paar vereinzelte Bäume und Buschwerk zu sehen waren.

Später, als es begonnen hatte, heftig zu regnen, suchten wir Zuflucht in einer Schutzhütte am südöstlichen Ufer. Daniel blickte mich an, biss sich auf die Unterlippe, nur kurz, legte seinen Kopf leicht schief, was ihn jünger wirken ließ, und sagte: »Hier habe ich auch schon mal mit Pa auf das Ende des Regens gewartet.«

Er sagte das ganz beiläufig, so als sei es in der Situation, in der wir uns befanden, für keinen von uns sonderbar oder unangenehm. Lange hatte ich auf diesen Moment gewartet, darauf, dass er das Gespräch auf uns und unsere Vergangenheit lenkte.

Daniel atmete geräuschvoll aus, wir standen einander gegenüber, nur zwei oder drei Schritte voneinander entfernt, und ich weiß noch, dass ich überlegte, ihn zu umarmen, einfach so. Aber ich nickte bloß und gab mir Mühe, ihm nicht zu zeigen, wie sehr es mich aus dem Gleichgewicht brachte, dass er von seinem Vater sprach und dabei nicht mich meinte.

Ich hatte schon eine Weile geschwiegen, und auch Daniel wirkte nicht so, als ob er noch etwas hinzufügen wollte. Kaskaden von Regentropfen liefen die Fensterscheibe hinunter, und alles dahinter verschwamm, als wäre es im Begriff, sich aufzulösen.

Ich sagte: »Lass mich dir erzählen, was damals wirklich passiert ist.«

Als ich am Abend dieses Tages zurück nach Größnitz kam, erwartete mich Anne schon auf der Bank vor unserem Haus. Nachdem sie mich gesehen hatte, stand sie auf und lief mir entgegen.

»Wie geht es dir?«, fragte sie, vorsichtig und zurückhaltend. Und dann sagte sie leise, wie zu sich selbst: »Du siehst furchtbar aus.«

Ich hätte mit dem ersten Gespräch beginnen können, das Daniel und ich in seinem Büro führten, damit, dass er die erstbeste Gelegenheit genutzt hatte, um mich wieder loszuwerden. Oder ich hätte damit anfangen können, wie ich in seinem Haus stand und verstohlen auf all die Bilder blickte und dass es mich irritiert hatte, dass mein Sohn in so guten Verhältnissen lebte. Aber damit fing ich nicht an.

Es kam mir vor, als müsse ich Anlauf nehmen, bevor ich von unserem Gespräch in der Schutzhütte erzählen konnte. Also begann ich mit dem Regen, der eingesetzt hatte, da waren wir schon ein paar Stunden auf den Beinen gewesen, davon, wie der Wind plötzlich auffrischte und es noch kälter wurde, als es ohnehin schon war. Je detaillierter ich ihr davon berichtete, wie dunkel es unter dem Dach einer Schutzhütte sein konnte und wie auch das türkisfarbene Wasser des Sees plötzlich einen schieferblauen Ton angenommen hatte, desto sicherer fühlte ich mich. Ich brauchte diesen Anlauf, um von den eigentlichen Dingen erzählen zu können:

Daniel sah mich an, als hätte ich ihm eine Aufgabe gestellt, auf die er einfach keine Antwort wusste. Also wiederholte ich, was ich eben schon gesagt hatte.

»Lass mich dir erzählen, was damals wirklich passiert ist.«

Die Wellen auf dem See brachen sich schäumend, der Wind zog an den Bäumen, der Regen prasselte unaufhörlich auf das Wellblech des Dachs.

»Nach der Entbindung«, sagte ich und war überrascht, wie leicht mir die Worte über die Lippen kamen, »da haben sie uns erzählt, du seist auf dem Weg ins Kinderkrankenhaus verstorben. Verstehst du? Das haben sie uns gesagt.«

Nichts an Daniels Äußerem verriet, was in ihm vorging, während er dies hörte. Er sah an mir vorbei in Richtung der Schautafel, die an die hölzerne Wand der Schutzhütte gepinnt war und Abbildungen der Flora und Fauna rund um den See zeigte.

»Du hast ein Zimmer gehabt!«, rief ich, denn das Prasseln des Regens wurde immer lauter, und ich wollte unter allen Umständen, dass er mich verstand. Obwohl ich fröstelte, denn meine Jacke war durchnässt, und es war alles andere als warm, spürte ich plötzlich eine pulsierende Wärme in mir aufsteigen.

»Das Zimmer, das wir für dich hergerichtet hatten, habe ich jahrelang nicht angerührt! Verstehst du? Jahrelang!«, rief ich. »Nachdem feststand, dass Katrin schwanger war, haben wir geweint vor Glück!«

Mit einem Mal war der Wind verschwunden, der Regen ließ hörbar nach, und ich konnte meine Stimme wieder senken.

»Ich habe dein Grab ausgehoben«, sagte ich, auf einmal sehr ruhig, und nun glaubte ich zu erkennen, dass es in Daniel arbeitete. Etwas lag in seinem Blick, etwas Schweres, Düsteres, das war kaum zu übersehen.

»Ich habe dein Grab ausgehoben«, sagte ich noch einmal, und ich rief mir diesen Tag im Jahre 1978 vor Augen, ich dachte an die weiß strahlenden Blüten der Apfel- und Quittenbäume um mich herum, an die mattgelbe Kirche. Er hatte gelebt, in all der Zeit. Während ich Katrin im Flur unseres Hauses schüttelte und schüttelte, während ich rief, dass sie ihn endlich in Ruhe lassen sollte, dass sie ihn endlich sterben lassen sollte, hatte er gelebt. Dieser Gedanke machte mich rasend.

Dann erzählte ich ihm von Katrins Verdacht, davon, dass ich ihr nicht geglaubt hatte, dass niemand ihr geglaubt hatte. Er hörte mir zu, was mich überraschte, er unterbrach mich nicht, so wie er es oft getan hatte in den Stunden zuvor, als wir nicht wagten, über mehr als Belanglosigkeiten zu reden. Sein Vater hatte ihm weisgemacht, dass wir ihn nicht wollten, dass wir ihn weggegeben hätten – nun endlich erfuhr er die wahre Geschichte. Ich hoffte, dass Daniel mir Glauben schenkte. Er strahlte plötzlich etwas Zugängliches aus, während ich ihm alles erzählte, wenn auch nicht chronologisch, dafür waren die Gedanken in meinem Kopf zu wirr. Aber der Wahrheit konnte man einfach nichts entgegensetzen. Das dachte ich, während ich ihm von der Rechtsmedizinerin berichtete, von der Exhumierung, die nicht stattfand, von all den Ungereimtheiten, die sich aufgetan hatten in jener Zeit.

»Und dann«, sagte ich, plötzlich fühlte ich mich leicht, fast schwerelos, »kam ich vom Angeln heim, und da steht Anne im Flur und sagt, dass du angerufen hast.«

Ich schwieg eine Weile. Daniel sah mich ausdruckslos an.

»Ich habe dich vierzig Jahre lang gesucht. Ich habe dich vermisst und nie aufgehört dich zu lieben«, sagte ich schließlich, und nun füllten sich meine Augen doch mit Tränen. Dabei hatte ich mir vorgenommen, unter keinen Umständen die Fassung zu verlieren. Daran, dass Daniel mir glaubte, hatte ich inzwischen keinen Zweifel mehr. Ich sah es seinen Augen an, seinem Mund, seiner Körperhaltung, die nun weniger angespannt schien.

Ich weiß nicht mehr, wie lange ich geredet habe, in dieser Schutzhütte stehend, während der Wind ständig drehte, mal an Kraft verlor, mal auffrischte, während Wanderer mit Regenschirmen und eilige Radfahrer die Hütte passierten und alles, wirklich alles um uns herum in Bewegung zu sein schien. Eine halbe Stunde? Eine?

»So«, sagte ich, »das war's.«

Ich fühlte mich erschöpft, gleichzeitig aber auch erleichtert. Nun wartete ich darauf, dass Daniel auf mich zukam oder dass er mir zumindest ein Zeichen gab, wartete auf einen einladenden Blick, irgendetwas, das mich dazu ermutigte, zu ihm zu gehen und ihn zu umarmen, damit wir einen Schlussstrich ziehen konnten.

Aber nichts geschah. Wir standen uns reglos gegenüber. Niemand sagte etwas.

Plötzlich ging ein Ruck durch Daniel, fast so, als hätte er im Kopf ein paar Zahlen überschlagen und wäre nun endlich auf das Ergebnis gekommen. Er sog die Unterlippe ein und fuhr mit seinen oberen Schneidezähnen über die Bartstoppeln unter seinem Mund.

Er sagte: »Ist das wirklich dein Ernst?«

Dann ging er einen Schritt auf mich zu. Es war das erste Mal in all der Zeit, dass sich einer von uns bewegte. Nun stand Daniel dicht vor mir, er sah mich an, und sein Blick war genauso kühl wie am Tag zuvor, als er mich aus seinem Büro geworfen hatte.

»Glaubst du wirklich, dass ich dir diesen Quatsch abkaufe?«, fragte Daniel, und ich verstand nicht, was er meinte. Ich hatte ihm doch alles erzählt, jedes noch so kleine Detail. Was gab es daran nicht zu verstehen?

»Jetzt mal ganz im Ernst«, sagte er, und seine Nähe, daran erinnere ich mich gut, hatte auf einmal etwas Bedrohliches. Der Regen hatte sich endgültig gelegt. Die Sonne schien hell in die Hütte. Nun schraubte er seine Stimme hoch, sie klang merkwürdig überdreht, er sagte: »Denkst du wirklich, du kannst hierherkommen und mir dann diese Opfergeschichte auftischen?«

Ich sagte nichts dazu, auch wenn ich genau das wollte:

Ich wollte ihm etwas entgegensetzen – aber ich wusste nicht, was. Ich konnte es einfach nicht.

»Du kommst jetzt mit«, sagte er, und zu hören, dass eine Spur Verachtung in seinen Worten mitschwang, tat weh, und das tut es noch immer, auch wenn inzwischen mehr als ein Jahr vergangen ist.

Dann verließ er die Schutzhütte und marschierte los. Als er hörte, wie die Tür hinter mir zuschlug, blieb er stehen und drehte sich um: »Du kommst jetzt mit!«, rief er noch einmal. »Ich will dir was zeigen!«

Dieser Rückweg und das meiste von dem, was ich dachte, was ich wahrnahm, während wir Schritt für Schritt gingen, er vor mir, ich in einigem Abstand hinter ihm, will mir einfach nicht mehr in den Sinn kommen. Ich habe heute bloß noch das Klingeln der vielen Fahrradfahrer im Ohr, denen ich nicht weit genug rechts lief. Daniel zog seine Jacke irgendwann aus, denn der Frühling war zurückgekehrt, die Temperatur merklich gestiegen, und ich erinnere mich auch daran, wie ich immerzu auf seinen Rücken starrte, auf das breite Kreuz und die Muskeln, die sich unter seinem weinroten Hemd abzeichneten. Irgendwann konnte ich zu ihm aufschließen, und ich weiß, dass wir redeten, wenn auch nicht viel, aber kein Wort über das verloren, was gerade geschehen war.

Als wir schließlich vor seinem Haus standen, sagte Daniel: »Ich werde dir jetzt etwas zeigen. Ich werde mir

Mühe geben, in Ruhe alles mit dir durchzugehen – und wenn du dann immer noch behauptest, dass du das Opfer bist, dann …«, er hielt kurz inne, »… dann haben wir uns das letzte Mal gesehen.«

20

Fische mit der Fliege zu fangen, ist eine Kunst, die man mit etwas Glück nach vielen Jahren steter Übung beherrscht. Neben Ausdauer und Geschick benötigt ein Fliegenfischer vor allem ein Gefühl für die richtige Wurftechnik. Damit das Fliegenimitat am Ende der Schnur wirklich auf genau jene Art und Weise durch die Luft schwirrt, dass eine Bachforelle davon ausgeht, es handele sich um eine echte Fliege, muss eine bestimmte Abfolge von Bewegungen einstudiert werden. Durch das Hin- und Herschwingen der Rutenspitze führe ich die Fliege in eigenwilligen Bahnen über das Wasser. Schließlich, wenn der richtige Zeitpunkt gekommen ist, muss die Fliege so sanft auf dem Wasser landen, dass sie nicht untergeht. Tut sie es, besteht die Gefahr, dass die Forelle Lunte riecht. Sie ist klüger, als viele denken mögen. Es gibt Angler, die haben sich mit den Jahren zwar die richtige Technik angeeignet, aber in jenem entscheidenden, letzten Moment des Wurfs können sie nicht das entsprechende Maß Sanftheit aus ihrem Handgelenk schütteln.

Viele, die sich vornehmen, die Kunst des Fliegenfischens zu erlernen, geben daher nach wenigen Wochen auf, verkaufen ihre Ausrüstung und widmen sich wieder den profaneren Angelmethoden: mit der Grundrute auf Karpfen oder mit dem Wobbler auf Hecht. Meinem Vater ist es so ergangen und ein paar seiner Angelkollegen aus den umliegenden Dörfern.

Neben dem mühevollen Aneignen der Wurftechnik ist auch das Binden der Insektenimitate nichts für jedermann, doch beim Fliegenfischen muss man es beherrschen – eine stundenlange, einsame Arbeit, für die es mehr braucht als nur Fingerspitzengefühl. Man muss lernen, mit Bindestock und Bindeseide umzugehen, mit Hechelklemme, Kupfer- und Bleidraht. Wann verwende ich Fasanenstoßfedern und wann lieber Rebhuhnfedern?

Man kann Jahre seines Lebens darauf verwenden, sich in dieser Welt zurechtzufinden – und genau das war, was ich tat, als das Gefühl des Verlusts am allergrößten war. Anstatt mich regelmäßig zu betrinken, wie andere es vielleicht getan hätten, weil ich mein Kind und schließlich auch meine Frau verloren hatte, fuhr ich mit dem Rad auf dem kürzesten Weg vom Unterricht nach Hause, und noch bevor ich die Arbeiten meiner Schüler kontrollierte oder die Stunden für den nächsten Tag vorbereitete, marschierte ich mit meiner Fliegenrute auf die

Fallobstwiese unweit unseres Hauses und versuchte, hinter das Geheimnis des perfekten Wurfs zu kommen. Oder ich stieg hinunter in die kühle Dunkelheit des Kellers, schaltete die kleine Leuchte auf meiner Werkbank ein und fertigte Fliegen in allen Formen und Farben an.

Erst nach gut zwei Jahren konnte ich von mir behaupten, eine Trockenfliege so sanft auf einer ganz bestimmten Stelle der Wasseroberfläche landen zu lassen, dass sie nicht sank, und es dauerte weitere zwei oder drei Jahre, bis ich wirklich naturgetreue Maifliegen, Köcherfliegen, Wespen und Libellen binden konnte.

Das Fliegenfischen hat mir zwar nicht geholfen, alles, was geschehen war, zu verstehen oder hinter mir zu lassen, aber ich fand Trost im Versuch, einen Fisch zu fangen, in der kunstvollen Imitation der Natur, in der beständigen Gegenwart des Flusses, der Geheimnisse barg und sie dann und wann auch preisgab.

21

Während ich Daniels Haus betrat, das erfüllt war vom Sonnenlicht dieses plötzlich so schönen Tages, wusste ich da schon, was mir bevorstand? Heute kann ich sagen, dass ich zumindest eine Ahnung davon hatte.

Die Begegnung mit meinem Kind, das war mehr als offensichtlich, verlief völlig anders, als ich es mir erhofft hatte. Ich war tatsächlich davon ausgegangen, dass wir nichts weiter tun müssten, als uns in den Arm zu nehmen, und dass wir von dieser ersten Berührung an einfach das sein konnten, was wir waren – Vater und Sohn. Aber so kam es ja nicht

Daniel nahm einen der Ordner aus dem Regal neben dem Kamin und setzte sich schwungvoll auf das Sofa. Mit einer Geste gab er mir zu verstehen, dass ich auf dem Stuhl ihm gegenüber Platz nehmen solle. Dann atmete er tief durch.

Er legte den Ordner auf seinen Schoß und senkte den Blick. Vielleicht überflog er, was auf einer der Seiten geschrieben stand. Vielleicht sammelte er sich auch bloß.

»Falls du glaubst, dass ich nicht weiß, was wirklich passiert ist …«, sagte er, »hier findest du alles, schwarz auf weiß.«

Er klang nun müde, seine Stimme hatte an Kraft verloren. Mit einer langsamen, zögerlichen Bewegung schob er den Ordner zu mir. Aber ich wollte nicht darin lesen, denn egal, was dort geschrieben stand, es war nicht die Wahrheit. Die Wahrheit hatte ich ihm erzählt.

Ich saß auf dem Stuhl, Daniel gegenüber, unter der Eichenblattleuchte, nur der Tisch stand zwischen uns. Meine Hände lagen schlaff auf dem Schoß, als würden sie nicht zu mir gehören, und ich betrachtete das feine Muster der Marmorfliesen.

»Ich versuch's so kurz wie möglich zu machen«, sagte er, »damit wir das endlich hinter uns haben, das wird ja auch in deinem Interesse sein.«

»Martin«, sagte ich, etwas anderes fiel mir nicht ein.

Er richtete sich auf, war sofort einen Kopf größer, und jetzt wirkte er nicht mehr müde, im Gegenteil, etwas Ernstes ging von ihm aus, etwas, das den Raum um uns herum schrumpfen ließ und mir zu verstehen gab, dass ich nicht hierhin gehörte.

»Ich weiß, dass ihr lieber gesoffen habt, als euch um mich zu kümmern. Und dass ich beinahe verhungert wäre und dass ihr mich immer wieder an irgendeine Schnapsdrossel aus der Nachbarschaft gegeben habt, während ihr feiern gegangen seid, das weiß ich auch. Du kannst alles nachlesen«, sagte er, »schwarz auf weiß – hier«, er schob den Ordner über den Tisch zu mir. Aber ich wollte das nicht sehen.

»Nein!«, sagte ich, plötzlich sehr laut, so als müsste ich wieder das Prasseln des Regens in der Schutzhütte übertönen. Ich schüttelte den Kopf: »Das stimmt nicht!«

»Bitte hör auf!« Jetzt rief auch er. »Du hörst mir jetzt zu, so wie ich dir eben zugehört habe, okay?«

»Aber es stimmt nicht, Martin«, sagte ich, »das stimmt einfach nicht. Wir haben dich nicht einmal gesehen, verstehst du? Das, was da in diesem Ordner steht, verdammt noch mal, das ist nicht die Wahrheit, hörst du? Komm doch zu uns nach Größnitz, da ist dein Grab, ich kann dir das zeigen. Wir können sofort losfahren und sind in einer Stunde da. Ich kann dir deine Sterbeurkunde zeigen!«

»Bitte hör auf!«, sagte er, und ich sagte nichts mehr.

Ich glaube, dies war der Moment, in dem ich endgültig begriff, dass nichts von dem, was ich ihm kurz zuvor erzählt hatte, zu ihm durchgedrungen war. Er hatte seine eigene Wahrheit. Mir wurde schlecht, buchstäblich schlecht bei dem Gedanken daran, dass Daniel davon ausging, wir hätten ihn nicht gewollt. Ich begann zu zittern, ich bebte förmlich.

»Und dann«, sagte er leise, »hat das Jugendamt das spitzgekriegt, und ihr habt mich weggeben, wie ein Haustier, das einem nicht mehr gefällt.«

Er sah mich an. Sein Blick war so leer, dass er mir unheimlich vorkam, und es fiel mir plötzlich schwer, meinen Sohn in ihm zu erkennen. Hätte er mir nicht Tage später eine Kopie der Adoptionsvermittlungsakte und der Adoptionsfreigabe geschickt, auf der Katrins und meine Unterschriften waren, würde ich vielleicht heute noch glauben, dass er sich alles in diesem Moment nur ausgedacht hatte. Irgendjemand hatte, aus welchem Grund auch immer, ein Interesse daran gehabt, zwei Menschen ein Kind zu verschaffen – unser Kind.

»Nein«, sagte ich, und ich hatte mich seiner Lautstärke angepasst, wir flüsterten nun fast, wie zwei, die Geheimnisse tauschten.

Heute glaube ich zu wissen, dass wir beide gleichermaßen resigniert waren, dass das Gespräch zu diesem Zeitpunkt schon hätte beendet werden können, weil wir wussten, dass wir einander nicht glaubten. Das, was wir für die Wahrheit hielten, der eine wie der andere, würde weiterhin gelten, egal, was nun noch gesagt würde. Dass ich wirklich davon ausgegangen war, alles könnte bei unserer Begegnung zu einem guten Ende finden, erschien mir plötzlich so naiv, dass ich mich beinahe schämte. Während ich dies dachte, sank ich zusammen, und genauso wie damals im Krankenhaus, als man uns mitteilte, dass Daniel verstorben sei, fühlte ich eine große, nicht zu bändigende Mattigkeit aufsteigen, und die Versuchung, ihr nachzugeben, mich einfach hinzulegen und die Augen zu schließen, war groß in diesem Moment.

Mein Kind lebte, das wusste ich. Aber es würde vermutlich nie mein Kind sein können. Mein Blick verschwamm, und ich hätte viel dafür gegeben, einfach zu verschwinden.

»Gib doch endlich zu, dass du mich weggegeben hast«, sagte Daniel, noch immer mit gesenkter Stimme.

»Willst du nicht einfach zugeben, dass du damals einen Fehler gemacht hast?«

Ich sagte nichts dazu. Ich konnte es einfach nicht. Ich betrachtete den hellen Streifen Sonne auf den Bodenfliesen, den Staub, der darüber flog.

Meine Lippen waren trocken, meine Hände kalt.

»Also gibst du es zu«, sagte er.

Es gab nichts zu gestehen, das wusste ich. Aber ich hatte nicht mehr die Kraft, ihn davon zu überzeugen. Plötzlich stand er vor mir, streckte seine Hand aus, ich sah zu ihm hinauf, und dann, ohne dass ich wusste, wie mir geschah, nahm ich seine Hand, die warm war, groß und weich, und er zog mich zu sich. Dies war das erste Mal, dass mein Sohn mich wirklich fest und lang anhaltend umarmte, und nicht einfach nur seine Hände auf meine Schultern legte, so wie er es vor seiner Bürotür getan hatte.

22

Manchmal, in meinen Träumen, sehe ich den Mann vor mir, der Daniel hatte großziehen dürfen, der sich von ihm hatte Pa nennen lassen und der vor langer Zeit einmal ein Pappschild in die Höhe reckte, auf dem »Uns geht es gut!« stand. Wenn ich morgens dann länger als gewöhnlich im Bett liegen bleibe, frage ich mich, ob er damals gewusst hat, dass Daniel offiziell für tot erklärt wurde. Ob er es vielleicht nur geahnt hat, das Offensichtliche aber nicht sehen wollte. Oder hatte jemand zum richtigen Zeitpunkt geschwiegen und so dafür gesorgt, dass Daniels Adoptiveltern tatsächlich nicht klar war, was es mit ihm auf sich hatte? Bestand also die Möglichkeit, dass er bloß Nutznießer einer Situation geworden war, von der er nichts wusste? Warum, verdammt noch mal, wurde ein Kind für tot erklärt, um es dann zur Adoption freizugeben? Katrin und ich hatten nie Probleme mit der Staatssicherheit gehabt – aus welchem Grund hätte man uns also so etwas antun sollen?

Es gab eine Zeit, da ließ mich die Tatsache, dass ich keine Antworten würde finden können, nachts kaum schlafen. Auch heute noch, gut ein Jahr nachdem ich Daniel zum ersten Mal gesehen habe, stelle ich mir ab und an all diese Fragen. Aber die Enttäuschung darüber, dass die Lücke bestehen bleibt, ist weniger herb, und die Unruhe, die sich dann jedes Mal auf mich herabsenkt, hat längst an Intensität verloren. Dass ich meinen Frieden mit allem gemacht habe, kann ich nicht gerade von mir behaupten – in Unfrieden lebe ich jedoch auch nicht.

Nach meiner Rückkehr aus Leipzig ließ ich eine längst vergessen geglaubte Gewohnheit wieder aufleben – ich begann, regelmäßig Briefe zu schreiben: an Daniel, so wie ich vor langer, langer Zeit Katrin Briefe schrieb. Auch wenn ich nie eine Antwort bekam, so glaubte ich doch fest daran, dass Daniel meine Briefe las, und ich stellte mir vor, dass er sie aufbewahrte und von Zeit zu Zeit zur Hand nahm. Dieser Gedanke hatte etwas ungemein Tröstliches, und es gab Tage, vor allem wenn das Wetter umschlug, da spürte ich ein Ziehen im Oberschenkel, während ich mit Anne einen Film sah, während ich im Bett lag und las oder wenn ich den Rasen im Garten mähte. Ich bildete mir dann jedes Mal ein, dass es sich bei diesem Ziehen nur um ein Zeichen handeln konnte. Ein Zeichen dafür, dass Daniel im Begriff war, mir just in diesem Augenblick zu antworten. Das mag lächerlich klingen, ich weiß, aber es half ungemein, und die Vorstellung, dass mein Sohn in seinem Haus am Cospudener See sitzt und mir gerade einen Brief schreibt, den ich dann ein paar Tage später mit zitternden Händen öffnen würde, war einfach zu schön, um ihr nicht zu erliegen.

23

Vor einem Monat saß ich in drückender Hitze am Fluss. Es war einer jener Tage, an denen mein Köder Stunden im Wasser lag, ohne auch nur das geringste Interesse irgendeines Fisches zu wecken. Es waren weit über dreißig Grad, und selbst im Schatten der Silberweide, unter der ich saß, war es kaum auszuhalten. Der Schweiß lief mir über die Stirn und brannte in den Augen. Ich war müde und durstig, in ein paar Minuten würde ich meine Sachen zusammenpacken und nach Hause gehen, das stand fest.

Plötzlich hörte ich das Glöckchen, das an der Rutenspitze befestigt war. Ein Fisch hatte mein Wurmbündel genommen. Vermutlich ein Karpfen, denn ich hatte an dieser Stelle schon ein paar fangen können in den letzten Wochen, und auf Karpfen hatte ich es auch an diesem Tag abgesehen. Dass es ein großer Fisch sein musste, sah ich sofort, denn die Rute drohte ins Wasser gezogen zu werden. Ich sprang auf, nahm sie in die Hand und riss sie nach oben, damit der Haken in das Maul des Fisches eindringen konnte. Nun, das wusste ich, würde ich innerhalb weniger Augenblicke bestimmen können, ob das, was da gebissen hatte, wirklich ein Karpfen war. Jeder Fisch hat seine unverkennbaren Eigenheiten im Kampf. Ein großer Karpfen würde wütend davonschwimmen, gegen die Strömung, unaufhaltsam wie ein Zug in voller Fahrt. Die Rollenbremse würde laut surren und währenddessen Schnur freigeben. Ein Döbel würde meine Rute zittern lassen, mal stromauf flüchten, mal stromab, so als könnte er sich einfach nicht entscheiden, nur um dann bald darauf kraftlos aufzugeben und in meinem Kescher zu landen.

Aber es war weder ein Karpfen noch ein Döbel. Die Kopfschläge, schnell und ungeheuer stark, passten nicht dazu. Der Fisch flüchtete auch nicht, was mich überraschte, er stand in der Strömung, am Grund des Flusses, und schüttelte den Kopf, wie ich in der Rute spürte, als sagte er immerzu: Nein, nein, nein! Es war kein Aal. Es war auch keine Brasse, kein Aland oder Barsch. Das, was mir an den Haken gegangen war, hatte ich noch nie zuvor an der Angel gehabt, das wusste ich sofort.

Vor gar nicht allzu langer Zeit war mir zu Ohren gekommen, dass jemand in der Unstrut einen riesigen Stör von knapp zwei Metern Länge gefangen hatte. Das war eine kleine Sensation gewesen. Während ich darüber nachdachte, ob es ein Stör sein könnte, einer dieser wuchtigen, dickschädeligen Fische, erhöhte sich der Druck, der auf der Rute lastete, um ein Vielfaches, und die Bremse gab plötzlich Schnur frei. Offenbar hatte der Fisch seine Taktik geändert. Jetzt stürmte er davon, gegen die Strömung, wie ein Karpfen, nur dass er immer wieder stehen blieb, so als habe er keine Kraft mehr, was nicht der Fall war, wie ich spätestens dann merkte, wenn er wieder davonzog. Geduld, das hatte mir mein Vater vor Jahrzehnten beigebracht, brauchte man als Angler gleich zweimal: bevor der Fisch beißt – und danach. Ich gehöre nicht zu denjenigen, die einen großen Fisch förmlich aus dem Wasser zwingen wollen, als hätten sie keine Zeit, die viel zu viel Druck ausüben und an der Rute zerren, bis die Schnur schließlich laut knallend reißt und das blanke Ende schlaff in der Strömung hängt.

Die Kraft des Fisches war enorm. Er zog und zog. Jedes Mal, wenn er stehen blieb und sich nicht rührte, dachte ich, dass es nun aus war mit ihm, aber immerzu überzeugte er mich kurze Zeit später vom Gegenteil und schwamm wieder davon. Schließlich hatte er so viel Schnur von der Rolle gezogen, dass ich begann, ihm zu folgen. Ich ließ meine Angelausrüstung zurück und ging stromauf, dem Fisch hinterher. Es war nicht einfach, sich einen Weg zu bahnen durch all das Gestrüpp. Ich stieg über den Stamm einer Esche, die vor Jahren vom Blitz getroffen wurde und mir nun im Weg lag, gleichzeitig musste ich mich vor den Stacheln der Brombeeren rechter Hand in Acht nehmen. Als ob der Fisch spürte, dass die Gelegenheit günstig war, wechselte er plötzlich die Richtung und schwamm stromab. Der Druck, der all die Zeit auf Schnur und Rute gelastet hatte, gegen den ich mich gestemmt hatte, war mit einem Mal verschwunden – und ich, auf dem Stamm stehend, im Begriff, wieder auf den Boden zu springen, verlor das Gleichgewicht und fiel auf die Knie. Die Schnur war schlaff, und ich glaubte, den Fisch verloren zu haben. Ich fluchte und fluchte, wischte mir den Schweiß aus der Stirn und konnte kaum etwas sehen, so sehr brannte es in den Augen.

Plötzlich spürte ich ihn wieder, den massiven Druck auf Schnur und Rute. Ich folgte dem Fisch erneut flussabwärts, fast bis zu der Stelle, an der er meinen Köder genommen hatte. Seit dem Biss waren sicher schon zwanzig Minuten vergangen. Inzwischen verlor nicht nur der Fisch an Kraft, auch ich hielt die Rute nun mit beiden Händen fest und atmete flach. Die Fluchten des Fisches wurden träger und kürzer. Irgendwann konnte ich die ersten Meter gutmachen, ich kurbelte ihn Stück für Stück Richtung Ufer. Von einem Moment auf den anderen schien er sich ergeben zu haben. Ich konnte den Fisch ohne Gegenwehr herankurbeln, langsam, aber stetig. Alles, was er mir noch entgegenzusetzen hatte, war sein Gewicht, das in der Strömung hing. Es fühlte sich an, als hätte ich einen großen Sack am Haken, schwer und ohne jedes Leben.

Schließlich sah ich den Fisch, und der Anblick ließ mich erschaudern vor Freude und Glück: Ich erkannte den breiten, spitz zulaufenden Kopf einer Barbe. Ich zog sie in flacheres Wasser, und nun zeigte sich die Barbe in Gänze, sie war mindestens neunzig Zentimeter lang und vielleicht acht Kilogramm schwer. Der Haken saß in der oberen Lippe, so weit vorne, dass die Tatsache, dass er nicht schon längst ausgeschlitzt war, einem Wunder glich.

Der Kescher lag an meinem ursprünglichen Angelplatz, ich konnte ihn sehen, aber das nützte mir nichts. Ich würde die Barbe mit der Hand landen müssen. Also rutschte ich die Böschung nach unten, glitt mit beiden Füßen ins Wasser, sank sofort in den Schlamm, legte die Angel beiseite und wusste, dass ich wenige Sekunden davorstand, nicht nur die erste Barbe meines Lebens in den Händen zu halten, sondern vermutlich auch die größte, die jemals in der Unstrut gefangen wurde.

Wenn ich Anne von der Klugheit der Fische erzählt hatte, von ihrem Argwohn, ihrer Listigkeit, von ihrem Gespür für den richtigen Moment, was gelegentlich vorgekommen war, hatte sie mich immer ausgelacht. Angeln, hatte sie feixend gesagt, sei nun mal ein sehr spezielles Hobby für sehr spezielle Menschen. Seit dem Abend vor einem Monat jedoch, als ich ihr in der Küche sitzend berichtete, was die Barbe getan hatte, während ich schon die Schnur in den Händen hielt und drauf und dran war, sie am Kopf zu packen und aus dem Wasser zu hieven, macht sie sich nicht mehr über mich lustig, wenn ich von der Klugheit der Fische spreche.

Vielleicht hatte die Barbe in ihrem vermutlich fünfzehn Jahre langen Leben schon ein paarmal am Haken eines Anglers gehangen. Vielleicht hatte sie also gewusst, dass sie irgendwann nur so tun müsste, als hätte sie die Kraft verlassen.

Ich wollte den, wie ich glaubte, völlig ermüdeten und zu keiner Bewegung mehr fähigen Fisch gerade packen, da schlug die Barbe einmal kräftig mit ihrer tellergroßen Schwanzflosse und verschwand zurück in die Tiefe. Ich griff nach der Rute, spürte schon, wie der Druck sich erhöhte – aber ehe ich mich versah, wurde die schlaffe Schnur von der Strömung davongetragen, und die Rute war plötzlich federleicht. Der Haken war ausgeschlitzt.

Ich stand eine Weile regungslos da, heißer Wind streifte meine Stirn, die Sonne drückte auf meinen Kopf. Ich wusste, was nun folgen würde: Ich würde wütend fluchen, laut und lang anhaltend, so wie ich es immer in den letzten vierzig Jahren gemacht hatte, wenn ich einen Fisch nach intensivem Drill verlor, was ab und an vorgekommen war. Ich stand mit klopfendem Herzen im Schlamm, hielt nach wie vor die Rute in der Hand, sah auf das vorbeiziehende, kastanienbraune Wasser, aber ich fluchte nicht. Da war keine Wut und auch kein Zorn. Ich war auf eine seltsame Art ruhig und gelassen.

Plötzlich hörte ich eine kehlige, tiefe Stimme hinter mir rufen: »Das war ein richtig Dicker!«

Ich drehte mich um, blickte die Böschung hinauf und sah einen Mann um die fünfzig, der ein camouflagefarbenes Hemd trug, aus seinem Rucksack schaute eine Angel heraus. Er musste mich schon eine Weile beobachtet haben. Ich kannte sein Gesicht, so wie ich die Gesichter der meisten Angler in der Gegend kenne – ich wusste, worauf sie fischten und an welchen Stellen, aber mit keinem von ihnen hatte ich je mehr als ein paar Sätze gewechselt.

»Mensch!«, rief er gedehnt. »Damit wärst du in die Zeitung gekommen!«

Er war aufgeregt und ungehalten, ich erkannte es an seiner Stimme, die förmlich kochte, er schüttelte immerzu den Kopf über mein Angelpech. Er schirmte sich die Augen gegen die Sonne ab und rief: »So eine verdammte Scheiße aber auch! Da hast du den Fisch deines Lebens am Haken – und verlierst ihn dann!«

Jetzt begann er zu gestikulieren, schüttelte dabei immer noch den Kopf. Es war ihm ein Anliegen, mir die ganze Tragik dieses Verlusts begreiflich zu machen: »So ein Pech aber auch«, rief er, »so ein verdammtes Pech!«

Ich sagte nichts. Ich stand nach wie vor mit den Schuhen im Schlamm, meine Hose hatte sich schon bis zu den

Knien mit Wasser vollgesogen. Schließlich kletterte ich die Böschung nach oben, stellte mich neben den Angler, der einen herben Geruch verströmte, wie ich feststellte, und der immer noch ungläubig den Kopf schüttelte. Ich sah ihn ausdruckslos an und fragte mich, warum ich das tat. Einen Augenblick lang dachte ich, es gäbe ihn gar nicht, er wäre meiner Fantasie entsprungen, schließlich saß ich schon seit Stunden in der erbarmungslosen Hitze dieses Tages und hatte nicht allzu viel getrunken. Aber er stand vor mir, das war Fakt, sein Schatten fiel auf mein Gesicht, ich sah die Schweißperlen auf seiner Stirn, die rötlichen Flecken auf seinen glänzenden Wangen.

Er legte seinen Kopf schief und musterte mich misstrauisch: »Ist alles in Ordnung mit dir?«, fragte er und stemmte seine Hände in die Hüften, er sah nun auf eine etwas dümmliche Art und Weise trotzig aus. »Warum sagst du nichts? Ärgerst du dich denn gar nicht? Das war der Fisch deines Lebens, verdammt!«

Er hatte einen anderen Ton angeschlagen, seine Empörung galt nun nicht mehr meinem Pech und dem Fisch, der davongekommen war, sondern mir und dem Umstand, dass ich ihn ignorierte und dass ich den Fisch, die Unstrut und Petrus nicht zusammen mit ihm verfluchte.

Tatsächlich ärgerte ich mich kein bisschen darüber, mit leeren Händen dazustehen, und dies zu begreifen, verwunderte mich. Ich erinnerte mich an all die Angeltage, an denen die Fische nach langem Kampf noch gewonnen hatten. Um ein Haar hätte ich mal einen Meterhecht gefangen, um ein Haar hätte ich mal einen wirklich kapitalen Zander gefangen und um ein Haar einen sicher anderthalb Meter großen Wels – jedes Mal, wenn ich den Fisch wieder in der Unstrut verschwinden sah, hatte ich alles und jeden verflucht, fast so wie der Angler, der mir nun gegenüberstand. Ich war tagelang untröstlich gewesen.

Nun aber verhielten sich die Dinge anders. Ich musste plötzlich lachen, sah in das faltige, glänzende Gesicht vor mir und konnte mich nicht mehr bremsen. Ich lachte aus vollem Halse, und das tat gut, es war das Richtige in diesem Moment. Der Angler wich einen Schritt zurück, und dann, weil ich mich immer noch nicht zurückhalten konnte, drehte er mir den Rücken zu, stieg über einen grünen Teppich aus Kletten-Labkraut, an Breitwegerich und Vogelknöterich vorbei und verschwand wortlos hinter einer Silberweide.

24

Erst als ich den Berg hinauf nach Größnitz lief, schlief das Lachen allmählich ein. Ich ging an den Brombeerbüschen vorbei und dachte an das, was vor ein paar Tagen geschehen war – vielleicht hatte mir mein Verlust deshalb nichts ausgemacht, ganz sicher sogar:

Das Telefon hatte geklingelt. Anne war im Garten mit den Pflaumen beschäftigt. Ehe sie Farbe bekommen, werden sie faul und fallen vom Baum, eine nach der anderen, das geht nun schon ein paar Jahre so. Ich kümmerte mich gerade um die Kirschen, als ich das Klingeln hörte. Ich hatte Wasser und Zucker aufgekocht, hatte die Stiele der Kirschen entfernt, schließlich auch die Kerne, ich hatte sie gewaschen, und nun war ich dabei, sie in die Einmachgläser zu geben. Das Wasser im großen Topf dampfte schon. Ich wusch mir schnell die Hände unter kaltem Wasser ab, wischte sie an der Hose trocken, doch als ich schließlich abnehmen wollte, war es schon zu spät. Es war Daniel gewesen.

Ich wollte sofort das Fenster öffnen, um Anne herbeizurufen oder ihr zumindest Bescheid zu geben, denn dass er sich noch einmal bei mir melden würde, daran hatten wir beim besten Willen nicht mehr geglaubt. Nachdem wir das erste Mal miteinander sprachen, hatte ich seine Nummer im Telefon gespeichert. Daran, wie ich diese Buchstaben und die Ziffern tippte und wie meine Hand plötzlich vor Freude zitterte, denke ich genauso oft wie an den Umstand, dass ich drauf und dran war, seine Nummer wieder zu löschen, damals, nach meiner Rückkehr aus Leipzig.

Aber als ich Anne sah, auf der letzten Sprosse der Leiter stehend, eine winzige, grüne Pflaume in der Hand haltend, die sie aufmerksam musterte, so wie eine Ärztin einen Patienten begutachten würde, da entschied ich mich dagegen. Ich wählte Daniels Nummer.

Plötzlich – und zum ersten Mal seit vielen Jahren – kam mir der Satz wieder in den Sinn, den mein Vater vor so langer Zeit hatte fallen lassen, als wir an der Unstrut saßen und darauf warteten, dass ein Karpfen biss: *Wo die Ungewissheit endet, beginnt das Träumen.* Ich wusste noch immer nicht, was er damit gemeint haben könnte. Aber dass ich in diesem Augenblick, während ich das Freizeichen hörte und darauf wartete, dass mein Sohn ans Telefon ging, unverhofft an meinen Vater denken musste, rührte mich auf eine Art und Weise, die mir nicht unangenehm war.

Dann nahm er ab.

»Martin?«, sagte ich.

»Ich habe dich eben angerufen«, sagte er. Ich hörte den Lärm von Baumaschinen im Hintergrund. Es klopfte und hämmerte.

»Ich weiß«, sagte ich und beobachtete Anne währenddessen. Sie stieg von der Leiter, suchte und fand meinen Blick, um dann auf die Pflaume zu schauen, die sie auf ihrem Handteller präsentierte, die Schultern zu zucken und den Kopf zu schütteln. Aber darauf reagierte ich nicht.

»Ich wollte dich etwas fragen«, sagte er, und jetzt ließ der Krach der Baumaschinen nach, vermutlich war er in ein anderes Zimmer gegangen.

»Was denn?«, fragte ich mit dünner Stimme, lief mit dem Telefon in der Hand ins Wohnzimmer und setzte mich auf das Sofa. Wir würden bald ein neues kaufen müssen, ich sank so tief nach unten, dass ich genauso gut auch auf dem Boden hätte sitzen können.

Er atmete schwer. Eine Weile schwiegen wir.

»Ich wollte dich …«, sagte er, »also, ich dachte …«

Ich weiß noch, wie ungeduldig ich wurde während der Stille, die nun folgte. Ich weiß noch, dass ich nichts mehr wollte, als in Erfahrung zu bringen, warum mich mein Sohn nach all dem, was vorgefallen war, anrief. Die Stille hielt sicher nur wenige Sekunden an, aber sie kam mir so lang vor, dass der Wunsch, er möge endlich sagen, warum er mich sprechen wollte, körperlich spürbar wurde, ein Ziehen und Drücken in Bauch und Brust.

»Martin?«, sagte ich, und ich hörte, wie er sich räusperte.

»Du hast doch gesagt, es gibt da dieses Grab, richtig? Also mein Grab.«

Er klang sehr fern, die Verbindung war schlecht.

»Ja«, sagte ich, und nun begann ich zu zittern, ich glaubte plötzlich zu spüren, dass ich schwerer wurde und immer schwerer und dass ich ganz in diesem Sofa zu versinken drohte.

»Kann ich mir das mal anschauen?«, fragte er. »Ist das okay für dich?«

»Ja«, sagte ich, so leise, dass er es vielleicht nicht verstand, und weil er nichts darauf erwiderte, sagte ich es gleich noch einmal, laut und deutlich: »Ja!«

»Gut«, sagte er, »das ist gut. Wann hast du Zeit?«

»Ich bin Rentner«, sagte ich und musste plötzlich lachen, wenn auch nur ein bisschen, »eigentlich habe ich nie Zeit«, und ich glaube, dass auch er lachte, aber das kann ich nicht mit Sicherheit sagen, dafür war die Verbindung zu schlecht, und nun wurde auch das monotone Klopfen und Hämmern wieder lauter.

»Übernächstes Wochenende?«

»Ja«, sagte ich, und dann noch einmal: »Ja!«

»In ein paar Tagen kann ich dir sagen, wann genau ich

komme. Hier ist gerade die Hölle los, aber das ist es ja eigentlich immer«, sagte er, und nach einer kurzen Pause: »Abgemacht?«

»Ja«, sagte ich, aber das Gespräch war noch nicht zu Ende, so wie ich gedacht hatte.

»Gerade ist Maifliegenzeit, richtig?«, fragte er.

»Ja«, sagte ich, »aber nicht mehr lange.«

»Gut«, sagte er. »Dann lass uns angeln gehen.«

Das überraschte mich so sehr, dass ich vergaß zu antworten.

»Oder möchtest du nicht?«, fragte er.

»Doch«, sagte ich, »natürlich möchte ich das. Lass es uns versuchen.«

Als Anne kurze Zeit später das Haus betrat, ging sie geradewegs zu mir. Sie warf mir einen prüfenden Blick zu, wie ich bemerkte. Anne spürt ganz einfach, wenn etwas passiert ist. Dann begann sie zu lächeln, und ich tat es ihr gleich. Sie trat näher an mich heran, und ich bildete mir ein, dass sie süß nach Pflaume roch. Sie legte ihre Hände auf meine Schultern, sah zu mir hinauf und sagte:

»Und? Wer hat angerufen?«

Nachbemerkung

Dieser Roman basiert auf historischen Begebenheiten. Seit einigen Jahren ist nachgewiesen, dass es in der DDR Fälle von vorgetäuschtem Säuglingstod gab. Säuglinge wurden den leiblichen Eltern gegenüber für tot erklärt und zur Adoption an fremde Eltern gegeben. Wie viele Kinder davon betroffen waren, ist bislang unklar. Aufgeklärt sind zum heutigen Zeitpunkt drei solcher Verbrechen, die Zahl der Verdachtsfälle liegt jedoch bei 2000. So viele Menschen haben gute Gründe zur Annahme, dass ihre Kinder noch leben – an unbekannten Orten, bei anderen Familien. Die Mütter und Väter wenden sich zumeist an die „Interessengemeinschaft gestohlene Kinder der DDR“. Karin S. aus Sachsen-Anhalt, deren Geschichte Grundlage für dieses Buch ist, sucht noch immer.

Die Entstehung dieses Werks wurde durch ein Stipendium der Kulturstiftung des Freistaates Sachsen ermöglicht, außerdem gefördert im Rahmen des Stipendienprogramms der VG Bild-Kunst in NEUSTART KULTUR der Beauftragten der Bundesregierung für Kultur und Medien, durch das Sonderförderprogramm »Ausgefallen!« des Deutschen Literaturfonds, des Goethe-Instituts Dänemark, der Stadt Halle, in der ich 2023 Stadtschreiber sein durfte, und durch die Kunststiftung Sachsen-Anhalt, unter Bezuschussung der Kloster Bergesche Stiftung. Danke schön!

MIX
Papier | Fördert gute Waldnutzung
FSC® C014889

Penguin Random House Verlagsgruppe FSC® N001967

3. Auflage

in der Penguin Random House Verlagsgruppe GmbH,
Neumarkter Straße 28, 81673 München
Umschlaggestaltung: Sabine Kwauka
Umschlagabbildung: © DEEPOL by plainpicture / Jon Feingersh
Satz: GGP Media GmbH, Pößneck
Druck und Bindung: Friedrich Pustet GmbH & Co. KG, Regensburg
Printed in Germany
ISBN 978-3-328-60289-7
www.penguin-verlag.de